Hans Fallada

Die schönsten Weihnachtsgeschichten

a au

Hans Fallada

Die schönsten Weihnachtsgeschichten

aufbau

ISBN 978-3-351-03326-2

Aufbau ist eine Marke
der Aufbau Verlag GmbH & Co. KG

1. Auflage 2010

Einbandgestaltung hißmann, heilmann, hamburg
Druck und Binden Pbtisk, s.r.o., Příbram
Printed in Czech Republic

www.aufbau-verlag.de

Inhalt

Die Finken sind wieder da 7
Das versunkene Festgeschenk 15
Lüttenweihnachten 37
Christkind verkehrt 47
Fünfzig Mark und ein fröhliches Weihnachtsfest 51
Lieber Hoppelpoppel – wo bist du? 79
Der gestohlene Weihnachtsbaum 87
Das Wunder des Tollatsch 97
Baberbeinchen-Mutti 111
Weihnachten der Pechvögel 121
Weihnachtsfriede 137
Familienbräuche 189
Der parfümierte Tannenbaum 215
Die offene Tür 219
Silvester 227

Biographische Notiz 239
Textnachweis 242

Die Finken sind wieder da

Die Birnen wurden reif und die Pflaumen wurden reif, sie nahmen die Äpfel von den Bäumen, und dann hackten sie die Kartoffeln aus der Erde. Statt Sonnenschein gab es nun Wolken und Regen, und der Wind pfiff viele Tage um das Haus. Das Jahr neigte sich seinem Ende zu.

Nicht zu allen Zeiten mehr konnte der Thomas im Garten spielen, manche Stunde saß er bei seinen Sachen im Kinderzimmer. Wenn ihm das aber langweilig wurde, stieg er auf den dämmrigen Hausboden hinauf, und da fand er zwischen altem, enggestapeltem Hausgerät, Koffern voll seltsam riechender Kleider, Flaschen, Vasen, Schachteln und Kisten, dem Tannenbaumschmuck des vorigen Jahres kein Ende des Entdeckens, Bauens, Spielens. Ganze Entdeckungsreisen konnte er machen, über die sorgsam geschaufelten, glattgerechten Futterhaufen des Herrn Schulz bis fort in die fernsten, dunkelsten Winkel, wo ein altes Steuerruder stand und wundervoll bunte Bilder, mit dem Gesicht zur Wand, und Koffer, vollgeklebt mit vielfarbigen Zetteln.

Dort, in einem solchen Winkel war es, daß er einen kleinen Karton fand mit seltsam haarigen Halbschalen an langen Drähten, Dingen, deren Verwendung man sich mit keinem Gedanken ausdenken konnte und die doch eine vage Erinnerung an Eis, Kälte, Gezwitscher aus seinem vergangenen Leben wachriefen. Dieses schemenhafte Erinnern machte es vielleicht, daß er, den Karton mit beiden Armen vor der Brust haltend, seinen Rückmarsch antrat. Mit Roggen füllte er seine Schuhe und mit Erdnußkuchenschrot puderte er sie, aber er kam bis zur Treppe, die hinabführte in die wärmeren, helleren Bezirke der Einwohner.

Die Bodentreppe war steil, ein Fünfjähriger mußte immerhin mindestens an einer Seite das Geländer anfassen. Damit aber war der Karton nicht mehr tragbar – und in diesem Zwiespalt nahm Thomas ihn und warf ihn von sich voraus die Treppe hinunter.

Was man so die Ungezogenheiten der Kinder nennt, ist oft nur ihr Mangel an Erfahrung. Hätte Thomas das Geschepper und Geklapper der holzigen, haarigen Halbschalen auf den Treppenstufen vorausgesehen, sicher hätte er eine andere Beförderungsart gewählt. So aber stand er verblüfft noch oben, als unten auf der einen Seite der Vater aus seinem Arbeitszimmer, auf der andern die Mutter aus der Küche gestürzt kamen. Meinten sie doch, ein Kind Tom liege auf dem Flur, in viele Stücke zerbrochen. Es waren aber nur …

»Sieh da, die Kokosschalen!« sagte Frau Dete, etwas spitz. »Zips, hast du mir nicht vorigen Winter gesagt, sie seien verschwunden?!«

»Und das waren sie auch!« antwortete Herr Rogge. »Den ganzen Boden habe ich nach ihnen umgedreht. Weiß der Henker, woher sie jetzt gekrochen kommen!«

»Man muß euch Männer nur einmal forträumen und dann wieder holen lassen«, murmelte die Frau, aber doch immerhin so leise, daß Herr Rogge es mit Anstand und ohne Feigheit überhören konnte.

»Thomas, mein Sohn!« rief er. »Du hast helle Buxen an, es hat keinen Zweck, daß du dich da oben ins Dunkle zurückziehst, man sieht dich doch. Steige herab, du gewaltig lärmendes Kind, und erzähle uns, woher du diese Kokosschalen gezaubert hast.«

Herrn Rogge verführte sein beweglicher Geist oft, so bilderreich zu reden, und diese bilderreiche Sprache verführte wieder den Sohn, keine vernünftige Auskunft zu geben, sondern »Kratsch« zu machen. Auf das Wort vom Zaubern hin verzerrte Thomas die Züge zu etwas, was er für das furchterregende Gesicht einer Hexe hielt, mit »Hu-Hu!« sauste er die Treppe hinab, grade seiner Mutter in die Röcke, und kniff sie so, daß sie wirklich aufschrie.

Es dauerte eine ganze Weile, bis der Trubel aus Schelten, Huhen, Festhalten sich auflöste und der eine Teil erfuhr, daß die Kokosschalen in der Ecke beim Steuerruder gestanden hätten. – Dete: »Aha, dacht ich's mir doch!« Und Zips: »Nun sage mir um alles in der Welt, was du dir gedacht hast! Gar nichts, bitte schön!« – und bis der andere Teil erfuhr, daß diese Kokosschalen vor zwei Wintern zum Vogelfüttern gedient hätten.

»Und was haben die Vögel letzten Winter gefressen? – Gibst du den Vögeln nicht jeden Winter zu fressen, Vati? – Wann ist jetzt Winter? Gleich oder bald? – Mutti, was tust du in die Schalen? – Mutti, warum sind denn

Drähte an den Schalen? – Vati, was ist Palmin? – Vati, willst du mir bitte mal ganz genau sagen, wie Palmin gemacht wird?«

Und so weiter und so weiter. Bis das Elternpaar floh, jedes in sein Reich zurück, und Thomas allein blieb mit den wiedergefundenen, einst heiß umstrittenen Futterschalen, um die sich doch nun wieder kein ›Großes‹ kümmerte.

Aber in Verlust gerieten sie diesen Herbst doch nicht wieder. Eine Weile lagen sie ziemlich nutzlos im Kinderzimmer umher, und während dieser Weile elendete Thomas seinen Vater recht mit der Frage: »Vati, wann füttern wir die Vögel? Vati, ist noch nicht Winter?« – Aber dann fand Thomas eine Verwendung für sie, er machte sie zu Vorratsgefäßen seines Kaufladens und füllte die eine mit Erbsen, die zweite mit Bohnen, die dritte mit Bonbons – und ein Grauen war es, fand Frau Dete, wieviel gute teure Kolonialwaren in eine solche halbe Kokosnuß hineingingen.

Die letzten Blätter waren von den Bäumen gefegt, der Garten hatte vor Nässe getrieft, alle Wege quatschten, und alle kleinen Jungenschuhe waren immer feucht vom Waten durch alle Pfützen. Dann drehte der Wind von West über Nord nach Ost, in den Nächten – und sie kamen jetzt so früh – war der Himmel ganz hoch, pechschwarz, strahlend, funkelnd mit tausend Sternen.

Eines Morgens war es so hell im Zimmer des kleinen Tom beim Anziehen, und als die Mutter lächelnd die Gardinen zurückzog, war das Land weiß, weiß. Weiß!

»Schnee!« jubelte Thomas. »Mein Schlitten!« schrie Thomas.

»Heute füttern wir die Vögel zum erstenmal«, sagte Frau Dete, aber noch ging das unter in der ersten Seligkeit über den reinen, kühlen Himmelsgruß. Jauchzend wälzte sich Tom im Schnee, kugelte Abhänge hinab, stapfte in die tiefsten Wehen – wurde hereingeholt, unter brüllendem Protest, klamm wie ein Scheit Holz im Walde und naß wie ein Schweinsrüssel. Wurde trocken angezogen – und die Mutter sah nur einen Augenblick nach dem Essen, schon war er wieder draußen, jauchzend, jubelnd: »Rein verdreht ist der Bengel heute!«

Erst nach dem Kakaotrinken am Nachmittag – es dämmerte schon wieder – fand Thomas Zeit und Lust, der Küche einen längeren Besuch abzustatten. Seltsames, unbegreifliches Tun der Frauen! Haustochter Isi hatte einen Haufen alter Speckschwarten vor sich, piekte in jede ein Loch und zog säuberlich einen Bindfaden hindurch, an den sie sorgsam eine Schlinge machte. Haustochter Käti stand am Herd und briet etwas, und die Mutti hatte alle Kokosschalen vor sich stehen und füllte sie aus einer Tüte und der Bratpfanne Kätis.

Eigentlich wollte Thomas zuerst einmal gründlich meckern wegen der unberechtigten Benutzung ›seiner‹ Kokosnüsse, aber dann war es doch zu interessant, wie die Mutti einen weichen Brei aus Hanfsamen, Sonnenblumenkernen, Raps, Rübsen und Palmin einfüllte, wie die durchsichtige, helle Masse sich langsam mit einer weißlichen Haut überzog und dann grau und fest wurde.

»Morgen hängen wir sie dann den Vögeln hin.«

»Morgen …? Heute, Mutti!«

»Heute ist es schon zu dunkel, Thomas. Heute schlafen die Pieper schon.«

»Und was haben die Pieper *heute* gefressen?«

Es hatte noch mehr geschneit über Nacht, durch noch höheren Schnee als am vorigen Tage gingen sie von Baum zu Baum, und hier hängten sie eine Speckschwarte auf und dort eine Kokosschale. Der Garten war so still und leer, das Land vom Frost so weit und hell.

»Wo sind denn all die Pieper, Vati?« fragte Thomas. »Es gibt ja gar keine Pieper mehr.«

Trotzdem hängten sie weiter auf: »Du wirst schon sehen, Thomas!« Und die alte Linde vor Toms Fenster bekam zur dicksten Schwarte zwei Schalen! Da stand nun der kleine Thomas, und manchmal lief er auch durch den Garten, aber es war alles nur solch Erwachsenen-Unsinn. »Es gibt ja gar keine Vögel mehr, nur noch die Raben.«

Es war langweilig – und mit dem Schlitten die Wiese zum See hinabzugleiten, war tausendmal besser. –

Aus dem Bett, wie sie waren, sprangen Herr und Frau Rogge von einem Schrei. Im Schlafanzug stand der kleine Thomas an seinem Fenster, drückte sich an der Scheibe die Nase breit und jubelte atemlos: »Die Grünfinken … Die Finken! Mutti, Vati – unsere Finken sind wieder da!«

Er sah die Eltern an mit glänzenden Augen, mit Augen voll tiefen, geheimnisvollen Lichts seligster Freude, und dann sah er wieder zu seiner Futterstelle hin. Und wirklich hingen da schaukelnd zwei Grünfinken an den Schälchen, pickten, fraßen ...

»Unsere Grünfinkenmutti! Unser Finkenvati –!«

Glück! Glanz aus dem Paradies. Seligkeit, wie sie später nie wieder kommt.

Noch mehr Seligkeit –?

Es flattert, es huscht um die Stallecke. Mehr Finken, atemlos zählt Thomas: »Eins, zwei, vier, drei, sechs – oh, Vati, die ertrunkenen Pieper sind wieder da! Sechs Stück! Oh, Vati, Mutti, sie sind gar nicht ertrunken, sie sind wieder gut mit mir – unsere Grünfinken!«

Frau Dete hätte gar nicht mahnend die Schulter ihres Zips zu berühren brauchen – was hieß hier Pädagogik?! Was hieß hier Lügen?!

»Richtig«, sagte Herr Rogge und räusperte sich. »Unsere Finken sind wieder da – und grade zu dir sind sie gekommen, Tom.«

»Unsere versoffenen Finken ...«, sprach das Kind und atmete selig tief, als sei eine Last von seinem Herzen.

Das versunkene Festgeschenk

Als der Frachtdampfer ›Fröhlicher Neptun‹ nach fast einjähriger Ostasienfahrt beim Asia-Kai in Hamburg am 22. Dezember festmachte, hatte er siebenunddreißig höchst aufgeräumte Mann der Besatzung an Bord – und einen sehr betrübten, nämlich den zweiten Offizier, mit Namen Hein Martens.

Was die siebenunddreißig vergnügten Leute angeht, so bedarf ihre Fröhlichkeit – die noch die des lachenden Neptun an der Gallion übertraf – keiner weiteren Begründung. Es ist immer herrlich, nach langer Fahrt in den Heimathafen einzulaufen, und wie erst am 22. Dezember, direkt vor dem lieben Weihnachtsfest! Eltern und Kinder, Freunde und Bräute, Herren mit Sehnsucht, mit Freude, mit Ungeduld der Heimkehrer, und das, was man ihnen allen aus der Seekiste an Geschenken zuteilen kann, ist immer willkommen: denn um ein Geschenk zum Weihnachtsfest strahlt immer ein besonderer Glanz.

Aber das war es ja gerade, was dem zweiten Offizier Hein Martens alle Freude an der Heimkehr verdarb und den frohen Schimmer des nahen Weihnachtsfestes verdunkelte: er hatte die schönste Seide aus Japan in seinem

Koffer, gezuckerten Ingwer, herrliche, hauchdünne Teeschälchen und ein Lacktablett in Schwarz mit Rot und Gold, das jedes Frauenherz höher schlagen lassen mußte. Doch das, was er eigentlich hätte haben müssen, was er sehr wohl gehabt hatte, wonach er mit Ausdauer und Klugheit gejagt hatte, was er die ganze Heimfahrt bei sich in der Tasche getragen und zehntausendmal angesehen, gestreichelt und geliebkost hatte – mit all den sehnsüchtigen Wünschen, die ein junger und sehr verliebter Ehemann in sein kleines, nagelneues Puppenheim schicken kann, das hatte er eben nicht mehr! Gewissermaßen angesichts der Heimat, ein paar Seemeilen vor der Alten Liebe, war es ihm aus den Händen gerutscht, ohne jeden merklichen Plumps hatten sich die trübgrauen Wellen der Nordsee darüber geschlossen: atjüs, kleiner Buddha, auf Nimmerwiedersehen!

Der Kapitän ist, wie immer, mehr Freund und Kamerad als Vorgesetzter: sobald sich der erste Ankunftstrubel gelegt hat, fragt er seinen zweiten Offizier: »Na, Martens, wie ist es denn mit Ihnen? Wenn mir recht ist, sind Sie diesmal dran mit der Bordwache, und zwar das ganze Fest über.«

»Geht in Ordnung, Käpt'n«, antwortet Martens, so betrübt wie ein Kabeljau, der auf Land liegt.

»Was?!« ruft der Kapitän und rollt vor Erstaunen seine kugelrunden, ein bißchen vorstehenden Augen. »Geht in Ordnung, sagen Sie junger Ehemann?! Als wir vor über zehn Monaten hier in Hamburg ablegten, waren Sie, wenn ich mich nicht sehr irre, sechs Wochen verheiratet ...?«

»Fünf Wochen vier Tage, Käpt'n.«

»Na also! Und Sie schreien nicht Zeter und Mordio, daß Sie das Fest über hier Kahnwache halten müssen? Was ist denn in Sie gefahren?!«

»Gar nichts, Käpt'n. Nur ...«

»Was nur ...?«

»Ich bin nämlich ganz einverstanden, wenn ich hier Wachdienst tue.«

»Das Fest über ...?«

»Das Fest über.«

Der Kapitän rollte jetzt die Augen und ballte die Fäuste, er schnaufte vor Zorn wie eine Dampfmaschine unter Überdruck. »Ihr jungen Esel!« rief er wütend. »Lernt erst mal euch in der Ehe benehmen! Ich kann mir schon denken, was los ist. Erst schreibt sich das alle Tage die verliebtesten Turteltaubenbriefe – ich habe ja Ihre Post in jedem Hafen gesehen, ein Generaldirektor hat keine größere – und dann schleicht sich irgend so ein Mißverständnis ein oder eine gute Nachbarin schreibt eine hübsche kleine Gemeinheit. Und gleich ist der Pott entzwei, und wo eben noch der Himmel voll lauter Lerchen hing, krähen jetzt bloß noch die Raben ...«

»Entschuldigen Sie, Käpt'n, wenn ich Ihnen erklären dürfte ...«

»Das dürfen Sie eben nicht! Kein Wort will ich von all Ihrem Liebeskummer hören! – Warten Sie, heute und morgen haben wir noch zuviel mit der Entladung zu tun, aber am 24. morgens, vor der ersten Wache, verdünnen Sie sich von der ›Fröhlichen Neptun‹, fahren schnurstracks nach Haus, fassen Ihr Frauchen liebevoll um, und wenn Sie ihr dann in die Augen sehen, werden Sie auf der Stelle begreifen, daß Sie durch die lange Trennung bloß in ein albernes Spintisieren geraten sind, daß Sie aber ...«

»Wenn ich Ihnen auseinandersetzen dürfte, Käpt'n ... Ich möchte wirklich, wenigstens das Fest über ...«

»Fallen Sie jetzt schon Ihrem Vorgesetzten ins Wort, Herr ...?! Ich erteile Ihnen hiermit den dienstlichen Befehl, Herr Martens, Ihren Mund zu halten und übermorgen um acht Uhr morgens von Bord zu verschwinden. Verstanden, Herr Martens?«

»Zu Befehl, Käpt'n!« sagte Herr Martens sehr kleinlaut und grüßte mit der Hand am Mützenrand. »Schellfisch!!!« brummte der Alte recht vernehmlich hinter ihm drein. »Dorsch!!! Katzenhai!!! Ach, nichts weiter wie ein jämmerlicher Stint ...!«

Und wirklich, ganz wie ein jämmerlicher Stint fühlte sich Hein Martens, als er am Morgen des Weihnachtstages die ›Fröhliche Neptun‹ verließ, in jeder Hand einen Koffer. In den Koffern waren all die schönen Dinge, die bereits aufgezählt worden sind, vom Lacktablett bis zum Ingwer. Aber der kleine Buddha war nicht darin. Der kleine Buddha lag auf dem Grund der Nordsee, und auf ihn allein kam es doch an! Für den kleinen Buddha hatte er seiner jungen Frau Wort und Ehre verpfändet (wie er sich jetzt in seiner Trübsal einbildete), er hatte ihn schon besessen, und direkt vor dem Ziel hatte er ihn absaufen lassen. Es ist eine schreckliche Sache, wenn man eine sehr erstrebte Aufgabe im Leben schon gelöst hat, und plötzlich – durch einen törichten Zufall – ist die Lösung zerstört, unwiederbringlich!

Nicht einmal einen Plumps hatte er im Wasser getan, und da lag er nun unten, nützte niemandem und verdarb ihm und ihr alle Freude! Es war, um mit den Zähnen zu knirschen und sich das Haupthaar auszuraufen! Aber Hein Martens hatte das nach jenem unseligen Verlust schon so ausgiebig getan, daß jetzt alle Zorneskraft in ihm verpufft war und er wirklich nichts weiter war als ein jämmerlicher Stint, der Käpt'n hatte ganz recht!

Warum aber war der kleine Buddha für das Lebens- und Eheglück der jungen Martens-Leute so wichtig?

Das muß nun zuerst berichtet werden, sonst versteht kein Mensch, warum der sehr junge zweite Offizier – sonst ein recht fröhlicher, tatkräftiger Mann – trotz der Weisung seines Kapitäns nicht direkt mit seinen Koffern nach Haus fährt, sondern statt dessen durch den nebligen, niesligen, naßkalten Hamburger Morgen zu Tante Paula geht. Das ist ein Seemannshaus, das er in seinen Junggesellentagen regelmäßig aufgesucht hat, ein völlig anständiges Quartier übrigens; aber eigentlich hatte er gedacht, er würde es als Ehemann nie wieder aufsuchen müssen.

Nun sitzt er also dort in der verblakten Gaststube, die andern Gäste haben ihren Kaffee vor sich, er aber einen steifen Grog. Ein wenig früh für diese Morgenstunde, aber ihm ist so, leider. Und wie kam es mit dem kleinen Buddha? Einfach und geheimnisvoll wie die meisten wichtigen Dinge unseres Lebens. Denn daß er seiner

Braut und später seiner jungen Frau viel von seinen Fahrten erzählte und von den Ländern und Städten, die er gesehen und von den Menschen aller Farben und ihrem Leben und von den fremdartigen Dingen, das war einfach und selbstverständlich.

Es war auch weiter einfach und selbstverständlich, daß in der jungen Frau der Wunsch aufwachte, von diesen Dingen nicht nur zu hören, sondern sie auch zu sehen, und so gingen sie denn in die Museen und sahen sie sich an. Es war ganz herrlich, wie ihm da angesichts der aufgestapelten Herrlichkeiten die Erinnerung wieder lebendig wurde. Wenn er da so ein Baströckchen hängen sah, ein wenig verstaubt und unfrisch, so kam ihm gleich ein Morgen in einem kleinen Südseehafen ins Gedächtnis. Ein junges, sanftäugiges, sanfthäutiges Mädchen war an ihm vorbeigegangen, ganz schnell hatte es ihn einmal angesehen, und eine Blüte hatte sie zwischen den Lippen gehabt. Ja, da wurde bei solchen Erinnerungen das Baströckchen wieder frisch, wie der Morgen und das junge Weib frisch gewesen waren, und sein junges Weib hörte diesen Erzählungen mit leuchtenden Augen zu, manchmal aber auch ein ganz klein bißchen eifersüchtig. Ja, das war alles schön und selbstverständlich gewesen, das Rätselhafte aber hatte damit begonnen, daß seine Frau sich in die Buddhas verguckt hatte. Es gab sehr viele Buddhas in diesem Museum, im Grunde sagten sie ihm gar nichts, wie sie da auf ihren Lotosblättern hockten, in Bronze oder vergoldet oder pechschwarz, manche so klein, daß man sie in die Westentasche stecken konnte, und andere riesengroß wie drei Männer. Manche hatten noch eine Scheibe hinter dem Kopf, bei den meisten aber war das Haar in eine komische Schafslöckchenperücke gelegt. Und alle lächelten sie ein wenig dümmlich, fand wenigstens er.

Sie aber fand das gar nicht. Im Gegenteil, je öfter sie in das Museum kamen, um so länger verweilten sie bei den Buddhas. Vorbei war es mit den fröhlichen Erinnerungen, sie stand stumm vor den Bildern. Manchmal aber drückte sie fest seine Hand und flüsterte: »Nein, wie schön das ist. Es ist das Schönste, was ich je gesehen habe!« Oder: »Siehst du nicht, wie herrlich er lächelt, Hein? Er muß schon ein Gott sein, um so lächeln zu können!«

Hein Martens sagte zu alldem ja und hielt auch geduldig aus. Er verstand nicht viel von Mädchen und Frauen, sie waren wohl sehr anders als die Männer, das mußte man eben in Kauf nehmen. Ein bißchen ängstlich wurde er erst, als sie ihm erzählte, sie fange jetzt an, nachts von den Buddhas zu träumen, und immer wieder komme es in ihrem Traum vor, daß sie ganz schnell und heimlich einen klitzekleinen Buddha in die Handtasche steckte. Sie konnte es genau schildern, der Aufseher war im Raum, sah aber gerade fort – und sie war so geschickt!

Erst schämte sie sich schrecklich wegen dieser diebischen Träume, aber komisch, diese Scham verlor sich rasch. Bald brachte sie es fertig, ihn anzustoßen: »Jetzt würde es großartig passen! Ach, Hein ...«

Ja, da bekam er es mit der Angst. Immerhin ging er auf lange Fahrt, überließ seine junge Frau für viele Monate sich selbst – das war schon ängstlich. Aber da fiel ihm zur rechten Zeit ein, daß sie ja nach Indien, nach Japan und nach China fahren, alles Länder, in denen es die Buddhas haufenweise gibt. Er schlug also seiner Frau vor, ihr einen Buddha mitzubringen. Diese Aussicht machte sie ganz glücklich! Sicher hatte sie auch schon unter Ihrem Verlangen gelitten. Er mußte ihr schwören, auf Ehre und Seligkeit, daß er ihr einen schönen alten Buddha mitbringen würde, keinen nachgemachten aus Meerane oder Birmingham, sondern einen echten!

Sie sprach nun immer nur davon. Manchmal wurde sie ganz trübsinnig, er könne es vergessen oder doch nicht den richtigen bringen, das mußte ihrer Ehe Unheil bringen, schien es. Dann fuhr er fort, und ihr letztes Wort war nicht »Auf Wiedersehen!« sondern »Vergiß nicht!« (Komisch, rätselhaft sind diese Frauen!) Und nun kamen ihre Briefe, und in jedem Brief schrieb sie von ›ihrem‹ Buddha, und dann schrieb sie ihm davon, daß sie ihm dann auch etwas Schönes schenken würde, etwas ganz besonders Schönes, das er sich gar nicht denken könne …

Er machte sich nicht viel Gedanken deswegen. Der Käpt'n hatte ganz recht, ihn einen jungen Esel zu nennen, und von jungen Frauen hatte er wirklich nur eselhafte Kenntnisse. Doch der Buddhakauf gelang, es war nicht einmal ein Kauf, sondern er lernte zufällig in Nagasaki einen sehr netten, gebildeten Japaner, der sogar in Deutschland studiert hatte, kennen. Und wie es eben kam, in einem Gemisch aus Englisch und Deutsch erzählte er Herrn Mikimoto von dem brennenden Wunsch seiner Frau.

Herr Mikimoto lächelte ernst dazu und nickte würdig mit dem Kopf und sagte: »Das ist aber gut! Aber sehr gut ist das!« (Was Hein Martens gar nicht fand.) Und beim nächsten Wiedersehen überreichte er seinem deutschen Freunde einen daumenlangen Buddha, aus rötlichem Speckstein geschnitten. Es war wirklich ein Kleinod, wie Martens nachher Kenner sagten, und Herr Mikimoto wollte um keinen Preis Geld dafür nehmen, mit Mühe und Not brachte es Hein Martens fertig, ihm den schönen neuen Fotoapparat dafür zu ›schenken‹.

Auf der langen Heimfahrt hatte Hein Martens den Speckstein-Buddha stets bei sich getragen, er hatte ihn hundertmal in Händen gehalten und ihn in Gedanken an die so geliebte, ersehnte Frau gestreichelt. Er hatte sich sogar mit ihm angefreundet, er fand ihn weder langweilig noch dümmlich. Der kleine Buddha war gewissermaßen ein Stück von Elisabeth geworden – ehe sie ihn noch gesehen hatte!

Und nun lag er auf dem Grunde der Nordsee!

Drei steife Grogs, am frühen Morgen auf nüchternen Magen genossen, hatten doch ihr Gutes, so kam es wenigstens Hein Martens jetzt vor. Schließlich war es ja gar nicht so schlimm, daß der kleine Buddha des freundlichen, brillenäugigen Herrn Mikimoto abgesoffen war – es mußte auch in Hamburg genug Buddhas zu kaufen geben. Und Geld genug hatte er augenblicklich in seiner Brieftasche stecken, gutes, sorglich gehütetes Heuergeld!

Es war zwar eigentlich für ganz andere Dinge bestimmt, zum Ausbau des jungen Heims, von der Nähmaschine an bis zum Radioapparat, aber das war jetzt egal. Der Alkohol, der nie etwas anderes ist als ein Lügner, Prahler und Schwätzer, redete Hein Martens ein, daß es seiner jungen Frau gleich sein könne, ob der Buddha aus Nagasaki oder vom Johannisbollwerk stammte – wenn sie es nur nicht merkte! Er war sonst ein anständiger und ehrlicher Kerl und nicht gesonnen, seine Frau auch nur in den geringsten Dingen zu hintergehen. Aber hier, in diesem Fall, setzte plötzlich die Leitung aus, der Grog flüsterte ihm ein, er tue seiner Frau nur etwas Gutes, wenn er einen falschen Buddha unterschöbe.

Er stand also mit einem Ruck auf, vertraute Tante Paula seine Koffer an und ging auf die Buddhajagd. Es war immer noch diesig und naßkalt, im Hafen tuteten, heulten und klingelten sie mit allerhöchster Geschäftigkeit, wahrscheinlich, um sich am Heiligen Abend um so besser ausruhen zu können, aber das alles ging Hein Martens nichts an. Er war von Bord und auf der Jagd für das Weihnachtsfest, zwar ein mogliges, aber, wie schon gesagt, der Grog ...

So ganz einfach war die Jagd aber scheinbar nicht. Hein Martens suchte auf und ab, am Baumwall, auf den Vorsetzen, bei den Mühren, am Hopfenmarkt und im Dornbusch, er rannte mit einer löblichen Ausdauer in die unmöglichsten Geschäfte und fragte um einen Buddha, daumenlang, aus rötlichem Speckstein – denn so war er ja seiner Gattin bereits signalisiert! –, aber alles umsonst.

Die Buddhas waren in Hamburg nicht so dicht gesät wie in Ostasien, helfende Mikimotos stellte das Geschick auch nicht zum zweitenmal zur Verfügung, und was Hein Martens so zu sehen bekam, das war alles einfach Dreck aus Birmingham oder Meerane, was es ja gerade nicht sein sollte. Es erwies sich nun, daß der Umgang mit dem kleinen Buddha des Herrn Mikimoto Hein Martens Geschmack gelehrt hatte. Er sah auf den ersten Blick, wie unzulänglich diese Massenerzeugnisse waren und wie schön sein kleiner Freund gewesen. Als er noch neben Elisabeth im Museum gestanden hatte, waren alle Buddhas, ob Gold, ob Speckstein, ob schwarzes Holz, für ihn gleich gewesen, alle hatten sie in derselben dümmlichen Art gelächelt. Jetzt entdeckte er plötzlich, daß sein Buddha wirklich schön gelächelt hatte, etwas Feierliches und himmlische Ruhe hatten darin gelegen.

Sein Irrweg hatte Hein Martens allmählich immer weiter aus der vertrauten Hafengegend fortgeführt, über den Großen Burstah war er so sachte auf dem Jungfernstieg angelangt. Hier herrschte heute – trotz des ungemütlichen Wetters – Großbetrieb: vor den Läden stauten sie sich, und in den Läden quetschten sie sich. In den Schaufenstern aber standen die Weihnachtsmänner mit Brille, Rute und Bart, und alle mit dem roten Mantel. Auch funkelte es in den Fenstern von Weihnachtstannen, strahlend bedeckt mit Flitterkram, und die Kinder drückten sich an den Scheiben noch immer die Nasen weiß und breit, genau wie er es als Junge getan hatte.

Das Herz wurde dem Hein Martens immer schwerer,

wenn er an all die seligen Wünsche dachte, die sich heute zur Nacht erfüllen würden, und er sollte seiner Elisabeth ihren Lieblingswunsch nicht erfüllen dürfen! Als er dann ein Geschäft sah, das sich nach seinem Schild mit Ostasienkunst befaßte, trat er ohne Zögern ein, obwohl er sonst nie in dieses Geschäft gegangen wäre: es sah viel zu fein und teuer für ihn aus!

In dem Laden waren auch nur wenig Käufer, sie standen auf dicken Teppichen, und es wurde leise und vornehm mit ihnen geflüstert. Ebenso leise und vornehm wurde Hein Martens von einem bleichen, dunklen Herrn nach seinen Wünschen gefragt. Ein wenig unsicher brachte er sein Verlangen nach einem daumengroßen Buddha aus rötlichem Speckstein vor.

Der dunkle, bleiche Herr dachte einen Augenblick nach, sagte dann: »Ich will einmal nachsehen. Es ist möglich, daß wir so etwas dahaben.« Und verschwand.

Mit pochendem Herzen wartete Hein Martens – vielleicht konnte er doch noch den Wunsch seiner Frau erfüllen? Unwillkürlich faßte er nach seinem Geld, es wölbte seine linke Brusttasche erfreulich!

Dann kam der Verkäufer zurück und trug auf einem Tablett, feierlich wie eine Reliquie, einen kleinen rötlichen Buddha! Martens sah zwar sofort, daß dieser kleine Gott längst nicht den Vergleich mit seinem verlorenen aushalten konnte: er war lange nicht so fein geschnitten, hatte derbe Züge, und auch sein Lächeln war etwas derb, außerdem war er über handlang – aber was machte das alles?

Elisabeth kannte den andern nicht, und so würde ihr dieser schon gefallen!

»Den nehme ich!« sagte er rasch. »Was kostet er?«

Der Verkäufer hob den Buddha mit zwei spitzen Fingern und sah unter seinen Sockel. Dort war ein Zettel aufgeklebt, und auf dem Zettel standen einige Buchstaben. Diese Buchstabenschrift schien nicht ganz leicht zu entziffern, es dauerte eine ganze Weile, bis der bleiche Herr mit ernstem Blick »tausendsiebenhundertfünfzig Mark« sagte.

»Wie?!!!« schrie Hein Martens und tat einen Satz, als sei ihm die Marsstange gegen den Kopf geschlagen.

»Eintausendsiebenhundertundfünfzig Mark, bitte schön«, wiederholte der dunkle Herr vollkommen deutlich.

»Aber das ist doch unmöglich!« rief Hein Martens, und Aufregung und Grog machten ihn recht unlogisch. »Ich hab einen viel hübscheren Buddha gehabt und habe ihn in die Nordsee fallen lassen!«

Der Verkäufer sah ihn aufmerksam und ernst an.

»In der Nordsee liegt er!« wiederholte Hein Martens mit Nachdruck. »Wie kann Ihrer da so viel Geld kosten?! Das kann ich nie bezahlen!«

»Tja!« sagte der Verkäufer. Er setzte den Buddha auf das Tablett zurück und wandte sich zum Gehen. »Da hätten Sie eben besser aufpassen müssen. Wir hätten Ihnen viel Geld für einen guten Buddha aus rotem Speckstein bezahlt – so etwas ist eine Rarität.«

Eine Weile später saß Hein Martens in einem Lokal an der Reeperbahn.

Doch diesmal tat ihm der Alkohol nicht den Gefallen,

sein Herz mit Hoffnungen zu erfüllen, er machte alles nur immer düsterer. Es war aussichtslos, einen Buddha zu kaufen; es war ausgeschlossen, mit leeren Händen vor seine liebe Frau zu treten, sein Leben war verpfuscht, durch seine Schuld, er hätte eben besser aufpassen müssen, das hatte der Verkäufer sehr richtig gesagt.

Er weiß nicht, wie er aus dem Lokal gekommen ist, aber hier ist er nun vor dem Portal des Museums, grade wie ein Baum, seiner Sinne völlig mächtig – so ein bißchen Grog tut ihm doch nichts!

Immerhin weiß er nicht, warum er hier hineingeht. Der Pförtner schaut auf und sagt: »Wir schließen in einer knappen halben Stunde, mein Herr!«

»Macht nichts!« ruft er fast fröhlich. »Ich will bloß was nachsehen. In einer Viertelstunde bin ich wieder draußen.«

Er geht schnurstracks auf die Ostasienabteilung, zu den Buddhas. Hier hat er mal Angst gehabt, seine Frau könnte eine Dummheit machen, und darum hat er ihr versprochen … jedenfalls ist hier jetzt kein Mensch. Ein Aufseher (nicht der, den er von früher kennt) geht vorüber und sagt mahnend: »In einer Viertelstunde schließen wir.«

Drei Minuten später verläßt Hein Martens das Museum, einen daumenlangen Buddha aus rotem Speckstein in der Tasche.

»Das ist ja wirklich schnell gegangen«, sagte der Mann am Tor und lächelt.

Aber Hein Martens antwortet nicht. Er steht nun auf der Straße, sein Weg ist klar: so schnell wie möglich zu

Tante Paula, um die Koffer zu holen, und dann ebenso schnell zu Elisabeth, mit all den Geschenken, der Seide, dem Ingwer, den Teeschälchen, dem Lacktablett und dem kleinen Buddha. Er hat alles, was für ein fröhliches Weihnachtsfest notwendig ist.

Aber in Wirklichkeit beeilt er sich gar nicht. Es dauert ziemlich lange, bis er bei Tante Paula eintrifft. Und auch dort verlangt er nicht sofort seine Koffer, sondern läßt sich einen starken Kaffee kochen. Mit dem setzt er sich an den Holztisch, stützt den Kopf in die Hand und denkt nach.

Es ist eine ungeheure Veränderung in seinem Leben eingetreten, sein umduselter Schädel versteht es nur langsam, aber eines weiß er schon: er kann sich nicht mehr freuen. Er kann sich nicht mehr über seine Frau freuen, nicht über das Weihnachtsfest, auch nicht über das eigene Heim, die ›Fröhliche Neptun‹ – er wird nie wieder mit dem Käpt'n wie früher reden können.

»Ich bin ein unehrlicher Mensch«, sagt er halblaut zu sich und sieht sich scheu in der Gaststube um, ob die ihm wohl was ansehen. Nein, sie sehen ihm nichts an, aber das ändert nichts, da er es von sich weiß. Wie soll ich heute mit Elisabeth Weihnachten feiern? denkt er wieder.

Schließlich nimmt er die Koffer und geht. Er geht den ganzen weiten Weg bis Hammerbrook, in jeder Hand einen Kabinenkoffer. Dabei kann er nachdenken, und damit kann er das Wiedersehen etwas hinausschieben.

Und nun steht er vor dem Haus und sieht hinauf. Dort oben, hinter dem schwacherleuchteten Fenster, sitzt sie und wartet auf ihn. Sie weiß natürlich aus der Zeitung, daß die ›Fröhliche Neptun‹ eingelaufen ist, aber sie haben ausgemacht, daß sie sich nicht vor fremden Leuten, daß sie sich nur im eigenen Heim wiedersehen wollen.

Und nun kommt er in dieses eigene Heim, er stellt es sich genau vor, wie er die Koffer absetzt, sie umfaßt, in ihr Auge sieht ... Sie küssen sich – aber in der Tasche hat er den gestohlenen Buddha. O du mein lieber Herr und Gott, was ist denn das für ein Wiedersehen! Das ist doch kein Wiedersehen für einen Mann und Gatten – das ist was für feige Lumpen! Und wenn es die ganze Welt nie erfährt, er weiß es – und sie wird es spüren, von der ersten Minute, vom ersten Blick an!

Nein, er geht nicht in das Haus. Er dreht sich um, stellt die Koffer in der nächsten Wirtschaft ab und winkt einer Taxe. Soll sie warten – soll sie lieber ein halbes Jahr, ja, ein ganzes Jahr warten müssen, aber verlogene Feste feiern – nein, er nicht!

Die Taxe hält vor dem Museum, aber da ist alles dunkel und still. Kein Mensch da! Daran hat er nicht gedacht – was soll er nun tun? Es bleibt nur ein Weg, der schwerste, sich selbst anzuzeigen. Er läßt sich zur nächsten Wache fahren.

Auf der Wache sitzen sie ziemlich gelangweilt herum, sie haben alle Zeit, ihn sich genau anzusehen. Sie sind auch nicht besonders fröhlicher Stimmung, die Herren Beamten, ein Weihnachtsabend mit den obligaten Festbetrunkenen statt mit lachenden Kindern ist nicht stimmungsfördernd.

»Was wollen Sie denn?« fragt ihn einer ziemlich unfreundlich.

Hein Martens hält den Buddha in der Tasche umklammert, eigentlich wollte er ihn jetzt vorziehen und alles beichten. Aber bei diesem unfreundlichen Ton schreckt er zurück. Im Augenblick fällt ihm etwas anderes ein: Er bittet um die Adresse von dem Leiter der Ostasienabteilung im Museum.

»Wozu wollen Sie die denn wissen?«

»Ich habe ihm was zu bringen.«

»Ist denn das so eilig? Heute ist Weihnachten!«

»Gerade darum. Er muß es noch vor dem Fest haben!«

»Sie sind doch Seemann? Was haben Sie denn für ihn?«

»Ich muß ihm was abliefern.«

»Gib ihm doch die Adresse!« schlägt ein Freundlicher vor.

»Du siehst doch, er hat einen sitzen«, antwortet der Scharfe. »Wenn wir ihm die Adresse geben, kriegen wir womöglich einen auf den Deckel. – Zeigen Sie erst mal, was Sie für ihn haben.«

Vorsichtig nimmt Hein Martens den kleinen Buddha aus der Tasche. Nun kommt es darauf an, ob sie hier schon etwas von dem Diebstahl wissen – in einer Minute kann er verhaftet sein!

Aber sie sehen ganz gleichgültig auf den kleinen Gott.

»Ach, so 'ne Puppe!« sagt der Scharfe. »Ja, die sammeln solches Zeugs. Komisch, ich kann bei so was nichts finden. – Du, Hinnerk?«

»Die Menschen sind eben verschieden«, antwortete der Freundliche. »Also fahren Sie zu Professor Soundso Dieunddiestraße ...«

Hein Martens fährt. Schon etwas leichter klopft nun

sein Herz, er hat kehrtgemacht, er ist beim Wiedergutmachen. Er denkt auch daran, sich sein Haar zu kämmen, den Schlips zu richten – vorhin kam es nicht darauf an, wie er aussah. Jetzt ist es wieder wichtig geworden.

Aber er muß sehr hartnäckig sein, um beim Professor vorgelassen zu werden. Da brennt schon der Baum, da hört er Kindergelächter …

»Es muß sein!« beharrt er.

Schließlich, draußen auf der Diele, empfängt ihn der Professor. »Nein, das ist aber zu schlimm!« schilt er. »Heute abend muß man wirklich seine Ruhe haben! Was wollen Sie denn? Aber sagen Sie es in einer Minute!«

Hein Martens braucht nicht einmal eine Minute. In der geöffneten Hand hält er dem alten, weißbärtigen Herrn den kleinen Buddha hin …

»Da!« sagt er mit ganz leiser, zitternder Stimme. »Den habe ich heute zehn Minuten vor drei aus dem Museum gestohlen.« Und schweigt.

Der Professor starrt durch seine gewölbten Brillengläser den Störenfried an. Er nimmt den Buddha nicht, obwohl er ihn längst erkannt hat. Er sagt: »Mann! Sie werden doch nicht … Sie machen sich ja unglücklich …«

Dann tut er etwas Seltsames. Er greift in die Tasche, zieht seine Uhr heraus. »Es ist jetzt zwanzig nach sechs. Das machte zweieinhalb Stunden Verzweiflung, Einkehr, Reue. Sehr lange Stunden, wie?«

»Ja, sehr lange.«

»Kommen Sie – Sie müssen mir erzählen. – Frieda, ich kann jetzt nicht. In einer Viertelstunde, in einer halben

Stunde – ganz egal!« Und er schiebt den Störenfried in ein Zimmer. »So – und nun erzählen Sie – von allem Anfang an!«

Und Hein Martens erzählte, erzählte von Braut und junger Frau, den Besuchen im Museum, den immer drängenderen Wünschen von Elisabeth und dem Ehrenwort. Er erzählte von Herrn Mikimotos Geschenk, der fröhlichen Heimfahrt auf der ›Fröhlichen Neptun‹ – und dem endlichen Sturz des kleinen Buddha in die langsamen, trübgrauen Nordseewellen – drei Seemeilen vor der Alten Liebe.

Dann schwieg er eine Welle, und obwohl die Kinder nach ihrem Vater riefen, drängte ihn der Professor nicht. Und schließlich erzählte er mit leiserer, stockender Stimme weiter, und obwohl das alles eben erst erlebt, so grauenhafte Wirklichkeit war, schien es ihm wie ein böser Traum, als könnte er es gar nicht sein, der das alles getan hatte. Aber es war also doch in ihm, auch das …

Und schließlich verstummte er.

Der Professor sah nachdenklich auf den jungen Menschen, der da so zerknirscht vor ihm saß, und schließlich fragte er: »Wie alt sind Sie eigentlich?«

»Im Januar werde ich siebenundzwanzig.«

»Da wird es aber Zeit, daß Sie ein Mann werden, nicht wahr? Denken Sie doch, wenn der Diebstahl gleich entdeckt wäre, Ihr ganzes Leben wäre doch verpfuscht …«

»Das habe ich ja auch gefühlt – schon ohne Entdeckung.«

»Also!« sagte der Professor. »Ich denke doch, Sie

haben was gelernt. – Und nun stecken Sie den Buddha wieder ein. – Nein, nur als Leihgabe, morgen nachmittag um fünf liefern Sie ihn mir hier wieder mit Bericht ab. Sie sollen doch heute abend Ihrer Frau einen Buddha schenken können – und da werden Sie merken, Sie ungewöhnlich törichter junger Mann, warum Ihre Elisabeth durchaus einen Buddha haben wollte und heute gar keinen mehr braucht! – Und nun machen Sie, daß Sie fortkommen! Fröhliche Weihnachten übrigens!«

»Fröhliche Weihnachten und vielen, vielen Dank!«

In der kleinen Wohnung steht der daumenlange Buddha auf dem Flur, auf der Spiegelkonsole, genauso wie er bei einem ersten flüchtigen Ansehen hingestellt wurde mit den Worten: »Ganz reizend – aber nun sollst du mein Geschenk sehen!«

Steht da, einsam und verlassen.

Die junge Frau aber sitzt mit ihrem heimgekehrten Mann am Bett des Kindes, und wie einstmals (und doch so anders!) flüstert sie in seine Ohren: »Siehst du nicht, wie herrlich er lächelt, Hein? Wie schön, daß Menschen so lächeln können; es ist das Schönste, was ich je gesehen habe!«

Und er sieht sie dabei lächeln, und dieses mütterliche, stolze Lächeln scheint nun ihm das Herrlichste auf der Welt, und bei diesem Lächeln findet er den Mut, sich ganz nah zu ihr zu beugen und die Geschichte seiner Irrungen zu erzählen: die Geschichte von dem kleinen ertrunkenen Buddha, der jetzt auf dem Grunde der

Nordsee lächelt, sein fernes, fremdes Lächeln, weit fort von Schuld, Liebe und Torheit.

Er aber, Hein Martens, zweiter Offizier von der ›Fröhlichen Neptun‹ ist ein Mensch; Schuld und Liebe kennt er, und er findet es gut, kein Gott zu sein, sondern bloß ein törichter Mensch …

Lüttenweihnachten

»Tüchtig neblig heute«, sagte am 20. Dezember der Bauer Gierke ziellos über den Frühstückstisch hin. Es war eigentlich eine ziemlich sinnlose Bemerkung, jeder wußte auch so, daß Nebel war, denn der Leuchtturm von Arkona heulte schon die ganze Nacht mit seinem Nebelhorn wie ein Gespenst, das das Ängsten kriegt.

Wenn der Vater die Bemerkung trotzdem machte, so konnte sie nur eines bedeuten. »Neblig –?« fragte gedehnt sein dreizehnjähriger Sohn Friedrich.

»Verlauf dich bloß nicht auf deinem Schulwege«, sagte Gierke und lachte.

Und nun wußte Friedrich genug, und auf seinem Zimmer steckte er schnell die Schulbücher aus dem Ranzen in die Kommode, lief in den Stellmacherschuppen und »borgte« sich eine kleine Axt und eine Handsäge. Dabei überlegte er: Den Franz von Gäbels nehm ich nicht mit, der kriegt Angst vor dem Rotvoß. Aber Schöns Alwert und die Frieda Benthin. Also los!

Wenn es für die Menschen Weihnachten gibt, so muß es das Fest auch für die Tiere geben. Wenn für uns ein Baum brennt, warum nicht auch für Pferde und Kühe, die doch das ganze Jahr unsere Gefährten sind? In

Baumgarten jedenfalls feiern die Kinder vor dem Weihnachtsfest Lüttenweihnachten für die Tiere, und daß es ein verbotenes Fest ist, von dem der Lehrer Beckmann nichts wissen darf, erhöht seinen Reiz. Nun hat der Lehrer Beckmann nicht nur körperlich einen Buckel, sondern er kann auch sehr bösartig werden, wenn seine Schüler etwas tun, was sie nicht sollen. Darum ist Vaters Wink mit dem nebligen Tag eine Sicherheit, daß das Schulschwänzen heute jedenfalls von ihm nicht allzu tragisch genommen wird.

Schule aber muß geschwänzt werden, denn wo bekommt man einen Weihnachtsbaum her? Den muß man aus dem Staatsforst an der See oben stehlen, das gehört zu Lüttenweihnachten. Und weil man beim Stehlen erwischt werden kann und weil der Förster Rotvoß ein schlimmer Mann ist, darum muß der Tag neblig sein, sonst ist es zu gefährlich. Wie Rotvoß wirklich heißt, das wissen die Kinder nicht, aber er ist der Förster und hat einen fuchsroten Vollbart, darum heißt er Rotvoß.

Von ihm reden sie, als sie alle drei etwas aufgeregt über die Feldraine der See entgegenlaufen. Schöns Alwert weiß von einem Knecht, den hat Rotvoß an einen Baum gebunden und so lange mit der gestohlenen Fichte geschlagen, bis keine Nadeln mehr daran saßen. Und Frieda weiß bestimmt, daß er zwei Mädchen einen ganzen Tag lang im Holzschauer eingesperrt hat, erst als Heiligenabend vorbei war, ließ er sie wieder laufen.

Sicher ist, sie gehen zu einem großen Abenteuer, und

daß der Nebel so dick ist, daß man keine drei Meter weit sehen kann, macht alles noch viel geheimnisvoller. Zuerst ist es ja sehr einfach: Die Raine auf der Baumgartener Feldmark kennen sie: Das ist Rothspracks Winterweizen, und dies ist die Lehmkule, aus der Müller Timm sein Vieh sommers tränkt.

Aber sie laufen weiter, immer weiter, sieben Kilometer sind es gut bis an die See, und nun fragt es sich, ob sie sich auch nicht verlaufen im Nebel. Da ist nun dieser Leuchtturm von Arkona, er heult mit seiner Sirene, daß es ein Grausen ist, aber es ist so seltsam, genau kriegt man nicht weg, von wo er heult. Manchmal bleiben sie stehen und lauschen. Sie beraten lange, und als sie weitergehen, fassen sie sich an den Händen, die Frieda in der Mitte. Das Land ist so seltsam still, wenn sie dicht an einer Weide vorbeikommen, verliert sie sich nach oben ganz in Rauch. Es tropft sachte von ihren Ästen, tausend Tropfen sitzen überall, nein, die See kann man noch nicht hören. Vielleicht ist sie ganz glatt, man weiß es nicht, heute ist Windstille.

Plötzlich bellt ein Hund in der Nähe, sie stehen still, und als sie dann zehn Schritte weitergehen, stoßen sie an eine Scheunenwand. Wo sie hingeraten sind, machen sie aus, als sie um eine Ecke spähen. Das ist Nagels Hof, sie erkennen ihn an den bunten Glaskugeln im Garten.

Sie sind zu weit rechts, sie laufen direkt auf den Leuchtturm zu, und dahin dürfen sie nicht, da ist kein Wald, da ist nur die steile, kahle Kreideküste. Sie stehen noch eine Weile vor dem Haus, auf dem Hof klappert einer mit Eimern, und ein Knecht pfeift im Stall: Es ist so heimlich! Kein Mensch kann sie sehen, das große Haus vor ihnen ist ja nur wie ein Schattenriß.

Sie laufen weiter, immer nach links, denn nun müssen sie auch vermeiden, zum alten Schulhaus zu kommen – das wäre so schlimm! Das alte Schulhaus ist gar kein Schulhaus mehr, was soll hier in der Gegend ein Schulhaus, wo keine Menschen leben – nur die paar weit verstreuten Höfe … Das Schulhaus besteht nur aus runtergebrannten Grundmauern, längst verwachsen, verfallen, aber im Sommer blüht hier herrlicher Flieder. Nur, daß ihn keiner pflückt. Denn dies ist ein böser Platz, der letzte Schullehrer hat das Haus abgebrannt und sich aufgehängt. Friedrich Gierke will es nicht wahrhaben, sein Vater hat gesagt, das ist Quatsch, ein Altenteilhaus ist es mal gewesen. Und es ist gar nicht abgebrannt, sondern es hat leergestanden, bis es verfiel. Darüber geraten die Kinder in großen Streit.

Ja, und das nächste, dem sie nun begegnen, ist grade dies alte Haus. Mitten in ihrer Streiterei laufen sie grade darauf zu! Ein Wunder ist es in diesem Nebel. Die Jungens können's nicht lassen, drinnen ein bißchen zu stöbern, sie suchen etwas Verbranntes. Frieda steht abseits auf dem Feldrain und lockt mit ihrer hellen Stimme. Ganz nah, wie schräg über ihnen, heult der Turm, es ist schlimm anzuhören. Es setzt so langsam ein und schwillt und schwillt, und man denkt, der Ton kann gar nicht mehr voller werden, aber er nimmt immer mehr zu, bis das Herz sich ängstigt und der Atem nicht mehr will –: »Man darf nicht so hinhören …«

Jetzt sind es höchstens noch zwanzig Minuten bis zum Wald. Alwert weiß sogar, was sie hier finden: erst einen Streifen hoher Kiefern, dann Fichten, große und kleine, eine Wildnis, grade, was sie brauchen, und dann kommen die Dünen, und dann die See. Ja, nun beraten sie, während sie über einen Sturzacker wandern: erst der Baum oder erst die See? Klüger ist es, erst an die See, denn wenn sie mit dem Baum länger umherlaufen, kann sie Rotvoß doch erwischen, trotz des Nebels. Sind sie ohne Baum, kann er ihnen nichts sagen, obwohl er zu fragen fertigbringt, was Friedrich in seinem Ranzen hat. Also erst See, dann Baum.

Plötzlich sind sie im Wald. Erst dachten sie, es sei nur ein Grasstreifen hinter dem Sturzacker, und dann waren sie schon zwischen den Bäumen, und die standen enger und enger. Richtung? Ja, nun hört man doch das Meer, es donnert nicht grade, aber gestern ist Wind gewesen, es wird eine starke Dünung sein, auf die sie zulaufen.

Und nun seht, das ist nun doch der richtige Baum, den sie brauchen, eine Fichte, eben gewachsen, unten breit, ein Ast wie der andere, jedes Ende gesund – und oben so schlank, eine Spitze so hell, in diesem Jahre getrieben. Kein Gedanke, diesen Baum stehenzulassen, so einen finden sie nie wieder. Ach, sie sägen ihn ruchlos ab, sie bekommen ein schönes Lüttenweihnachten, das herrlichste im Dorf, und Posten stellen sie auch nicht aus. Warum soll Rotvoß grade hierherkommen? Der Waldstreifen ist über zwanzig Kilometer lang. Sie binden die Äste schön an den Stamm, und dann essen sie ihr Brot, und dann laden sie den Baum auf, und dann laufen sie weiter zum Meer.

Zum Meer muß man doch, wenn man ein Küstenmensch ist, selbst mit solchem Baum. Anderes Meer haben sie näher am Hof, aber das sind nur Bodden und Wieks. Dies hier ist richtiges Außenmeer, hier kommen die Wellen von weit, weit her, von Finnland oder von Schweden oder auch von Dänemark. Richtige Wellen …

Also, sie laufen aus dem Wald über die Dünen.

Und nun stehen sie still.

Nein, das ist nicht mehr die Brandung allein, das ist ein seltsamer Laut, ein wehklagendes Schreien, ein endloses Flehen, tausendstimmig. Was ist es? Sie stehen und lauschen.

»Jung, Manning, das sind Gespenster!«

»Das sind die Ertrunkenen, die man nicht begraben hat.«

»Kommt, schnell nach Haus!«

Und darüber heult die Nebelsirene.

Seht, es sind kleine Menschentiere, Bauernkinder, voll von Spuk und Aberglauben, zu Haus wird noch besprochen, da wird gehext und blau gefärbt. Aber sie sind kleine Menschen, sie laden ihren Baum wieder auf und waten doch durch den Dünensand dem klagenden Geschrei entgegen, bis sie auf der letzten Höhe stehen, und –

Und was sie sehen, ist ein Stück Strand, ein Stück

Meer. Hier über dem Wasser weht es ein wenig, der Nebel zieht in Fetzen, schließt sich, öffnet den Ausblick. Und sie sehen die Wellen, grüngrau, wie sie umstürzen, weißschäumend draußen auf der äußersten Sandbank, näher tobend, brausend. Und sie sehen den Strand, mit Blöcken besät, und dazwischen lebt es, dazwischen schreit es, dazwischen watschelt es in Scharen …

»Die Wildgänse!« sagen die Kinder. »Die Wildgänse –!«

Sie haben nur davon gehört, sie haben es noch nie gesehen, aber nun sehen sie es. Das sind die Gänsescharen, die zum offenen Wasser ziehen, die hier an der Küste Station machen, eine Nacht oder drei, um dann weiterzuziehen, nach Polen oder wer weiß wohin, Vater weiß es auch nicht. Da sind sie, die großen wilden Vögel, und sie schreien, und das Meer ist da und der Wind und der Nebel, und der Leuchtturm von Arkona heult, und die Kinder stehen da mit ihrem gemausten Tannenbaum und starren und lauschen und trinken es in sich ein –

Und plötzlich sehen sie noch etwas, und magisch verführt gehen sie dem Wunder näher. Abseits, zwischen den hohen Steinblöcken, da steht ein Baum, eine Fichte wie die ihre, nur viel, viel höher, und sie ist besteckt mit Lichtern, und die Lichter flackern im leichten Windzug …

»Lüttenweihnachten«, flüstern die Kinder. »Lüttenweihnachten für die Wildgänse …«

Immer näher kommen sie, leise gehen sie, auf den

Zehen – oh, dieses Wunder! –, und um den Felsblock biegen sie. Da ist der Baum vor ihnen in all seiner Pracht, und neben ihm steht ein Mann, die Büchse über der Schulter, ein roter Vollbart …

»Ihr Schweinekerls!« sagt der Förster, als er die drei mit der Fichte sieht.

Und dann schweigt er. Und auch die Kinder sagen nichts. Sie stehen und starren. Es sind kleine Bauerngesichter, sommersprossig, selbst jetzt im Winter, mit derben Nasen und einem festen Kinn, es sind Augen, die was in sich reinsehen. Immerhin, denkt der Förster, haben sie mich auch erwischt beim Lüttenweihnachten. Und der Pastor sagt, es sind Heidentücken. Aber was soll man denn machen, wenn die Gänse so schreien und der Nebel so dick ist und die Welt so eng und so weit und Weihnachten vor der Tür … Was soll man da machen …?

Man soll einen Vertrag machen auf ewiges Stillschweigen, und die Kinder wissen ja nun, daß der gefürchtete Rotvoß nicht so schlimm ist, wie sich die Leute erzählen.

Ja, da stehen sie nun: ein Mann, zwei Jungen, ein Mädel. Die Kerzen flackern am Baum, und ab und zu geht auch eine aus. Die Gänse schreien, und das Meer braust und rauscht. Die Sirene heult. Da stehen sie, es ist eine Art Versöhnungsfest, sogar auf die Tiere erstreckt, es ist Lüttenweihnachten. Man kann es feiern, wo man will, am Strande auch, und die Kinder werden es nachher in ihres Vaters Stall noch einmal feiern.

Und schließlich kann man hingehen und danach

handeln. Die Kinder sind imstande und bringen es fertig, die Tiere nicht unnötig zu quälen und ein bißchen nett zu ihnen zu sein. Zuzutrauen ist ihnen das.

Das ganze aber heißt Lüttenweihnachten und ist ein verbotenes Fest, der Lehrer Beckmann wird es ihnen morgen schon zeigen!

Christkind verkehrt

Ich hatte mir zu Weihnachten ein Puppentheater gewünscht, ein Puppentheater aus Pappe, mit Proszenium, Soffitten und Hintergrund, mit den Figuren für Wilhelm Tell – alles aus Pappe. Auf meines Bruders Uli Wunschzettel aber hatte eine Robinsonade gestanden, aus Blei, Robinson und Freitag und Palmen und eine Hütte und das »Pappchen« in seinem Rutenkäfig, alles aus Blei.

Einmal ist es soweit, und die kleine silberne Bimmel klingelt, und die Tür tut sich auf, und der Baum strahlt, und wir marschieren auf ihn zu, wie die Orgelpfeifen, nach dem Alter: erst Uli, dann ich, dann Margarete, dann Elisabeth. Und nun stehen wir vor dem Baum, rechts und links von ihm Mama und Papa, und wir sagen jeder etwas auf: ein Weihnachtslied oder ein paar hausgemachte Verse. Während das geschieht, ist es verboten, nach den Tischen zu schielen, aber ich wage doch einen Blick – und da, links von mir, steht das Puppentheater, strahlend, und der Vorhang ist aufgezogen, und Tell ist auf der Bühne und Geßler – welches Glück!

Aber wie nun Elisabeth als die letzte ihr Sprüchlein gesagt hat und wir zu unsern Tischen dürfen, da führt mich Mama nicht nach links, nicht zu dem Puppentheater, sondern nach rechts, wo auf einem großen Brett mit gelbem Sand und grünem kurzem Moos und blaugestrichenem Meer die Robinsonade aus Blei aufgebaut ist –: »Dein Bruder Uli«, sagt Mama, »ist voriges Jahr viel besser weggekommen als du. Und deshalb bekommst *du* in diesem Jahr den Robinson, der ist viel schöner.«

Und nun standen wir beide da, wie die rechten Küster, und versuchten zu spielen, er mit »meinem« Puppentheater, ich mit »seinem« Robinson, und das Herz war uns schwer, und zu freuen hatten wir uns doch auch. Und ab und an wagten wir einen Blick zum andern und fanden, der konnte gar nichts mit »unserm« Spielzeug anfangen.

Aber das Seltsame an diesem sonst ganz unweihnachtlichen Weihnachtserlebnis war, daß wir – Uli und ich – nun nicht etwa, als die weihnachtlichen Freuden verrauscht und wir mit unserm Spielzeug aus dem Bescherungs- in »unser« Zimmer übergesiedelt waren, daß wir da nicht etwa unsere Weihnachtsgeschenke austauschten und das so falsch Begonnene richtig vollendeten …

Nein, das Seltsame war, daß Uli leidenschaftlich an seinem Puppentheater hing und daß ich wie ein Hofhund über meinem Robinson wachte. Von all den vielen Weihnachtsfesten meiner Kindheit ist dieses eine nur mir ganz unvergeßlich und deutlich geblieben: mit dem spähenden Entdeckerblick zum Tisch, mit dem »Besser-Wegkommen«, mit dem Sich-freuen-

Müssen, mit dem verlegenen Schuldgefühl. Kein Spielzeug hat den Glanz dieses falschen Robinsons, es ist mitgegangen mit mir durch mein Leben, und heute noch, wenn ich nicht einschlafen kann, spiele ich Robinson.

Fünfzig Mark und ein fröhliches Weihnachtsfest

Wir waren frisch verheiratet, Itzenplitz und ich, und hatten eigentlich gar nichts. Wenn man sehr jung ist, dazu frisch verheiratet und sehr verliebt, macht es noch nicht viel aus, wenn man »eigentlich gar nichts« hat. Gewiß, manchmal kamen so kleine seufzerische Anwandlungen, aber dann war immer einer von uns, der lachend sagte: Es braucht ja nicht alles auf einmal zu kommen. Wir haben doch alle Zeit, die Gott werden läßt ...« Und die kleine Anwandlung war vorbei.

Aber dann erinnere ich mich doch an ein Gespräch, das zwischen uns im Stadtpark geführt wurde, wo Itzenplitz aufseufzend sagte: »Wenn man doch nicht immer gar so sehr mit dem Pfennig rechnen müßte –!«

Ich hatte keinen rechten Begriff von der Sache. »Na und?« fragte ich. »Was dann –?«

»Dann würde ich mir was anschaffen«, sagte Itzenplitz träumerisch.

»Und was denn zum Beispiel?«

Itzenplitz suchte. Sie mußte wirklich erst suchen, ehe sie sagte: »Zum Beispiel ein Paar warme Hausschuhe.«

»Ach nee!« sagte ich ganz verblüfft und war völlig

außer Fassung über meines Weibes Elisabeth (wurde Ibeth, wurde Itzenplitz) Sinnen und Trachten. Denn wir führten dies Gespräch im Hochsommer, die Sonne prallte, und was mich anging, so gingen meine Wünsche in diesem Augenblick nicht weiter als zu einer kühlen Brause und einer Zigarette.

Doch müssen als Niederschlag dieses Hochsommergesprächs dann unsere Weihnachtswunschzettel entstanden sein. »Weißt du, Mumm«, hatte Itzenplitz gesagt und energisch ihre lange, spitze Nase gerieben, »wir sollten jetzt schon anfangen, jeden Wunsch, der uns einfällt, aufzuschreiben. Nachher zu Weihnachten geht alles in einer Hatz, und man schenkt sich womöglich etwas ganz Dummes, was man nachher nicht braucht.«

Auf einen Zettel aus meinem Abonnentenwerbeblock schrieben wir also den ersten Weihnachtswunsch: »Ein Paar warme Hausschuhe für Itzenplitz«, und darunter, weil es doch streng gerecht bei uns zugehen sollte, setzte ich nach vielem Stirnrunzeln und Nachdenken: »Ein gutes Buch für Mumm!« Mumm bin ich. »Fein«, sagte Itzenplitz und fixierte den Wunschzettel so begeistert, als könnten sich aus dem Papier Hausschuhe und Buch stracks loslösen.

Und dann wuchs unser Wunschzettel aus dem Hochsommer in den Spätherbst, in den ersten Schlackerschnee, in die ersten weihnachtlichen Schaufenster, wuchs, wuchs ... »Das macht gar nichts, daß so schrecklich viel darauf steht«, tröstete Itzenplitz. »Dann haben wir die Auswahl. Eigentlich ist es doch mehr eine

Streichliste. Kurz vor Weihnachten streichen wir alles, was nicht geht, jetzt haben wir das Wünschen doch noch frei.« Sie dachte nach und sagte: »Wünschen kann ich mir doch, was ich will, nicht wahr, Mumm?«

»Ja«, sagte ich leichtsinnig.

»Schön«, sagte sie, und schon schrieb sie, schon stand da: »Ein bleuseidenes Abendkleid (ganz lang).« Sie sah mich herausfordernd an.

»Na, weißte, Itzenplitz«, bemerkte ich.

»Wünschen ist frei, hast du gesagt.«

»Richtig«, stimmte ich zu und schrieb: »Ein Vierröhrenradioapparat« – dabei sah ich sie herausfordernd an. Und dann gerieten wir in einen heftigen, mit ungeheurem Scharfsinn geführten Streit, was wir nötiger brauchten, Abendkleid oder Radio – und wußten beide ganz genau, daß weder das eine noch das andere in den nächsten fünf Jahren auch nur in Frage kam.

Aber das alles war viel, viel später, vorläufig stehen wir beide noch im sommerlichen Stadtpark und haben unsere ersten beiden Wünsche aufgeschrieben. Ich habe schon ein paarmal Itzenplitz' Nase erwähnt, »Entenschnabel« sage ich manchmal auch dazu. Also mit dieser Nase wittert sie immer herum, und dazu hat sie die raschesten Augen von der Welt. Sie fand immerzu was, und so rief sie auch in diesem Augenblick: »Da ist er ja! Oh, Mumm, da ist unser erster Weihnachtsgroschen!« Und sie stieß ihn mit der Fußspitze an.

»Weihnachtsgroschen?« fragte ich und hob ihn auf. »Dafür hol ich mir jetzt im Schützenhaus drei Zigaretten.«

»Gibst du ihn her! Der kommt in unsere Weihnachtssparbüchse!«

Lauter neue Dinge. »Hast du denn eine Sparbüchse?« fragte ich. »Nie so 'n Ding bei dir gesehen!«

»Ich find schon eine, du! Laß mich man suchen.« Und sie sah sich unter den Parkbäumen um, als sollte das Suchen gleich losgehen.

»Wir machen es so«, schlug ich vor. »Wir überschlagen uns, was wir uns zu Weihnachten spendieren wollen, sagen wir mal fünfzig Mark ... Bis Weihnachten gibt's noch sechsmal Geld, und da legen wir uns jedesmal acht Mark, nein, acht Mark fünfzig zurück. Und jetzt hole ich mir meine Zigaretten.«

»Der Groschen gehört mir! Und überhaupt, so was Dummes und Ausgerechnetes wie deinen Quatsch eben, das ist eine stramme Leistung. Das machen wir ganz anders ...«

»Ach nee –? Wie denn?«

»Wenn wir sonntags vom Ausflug ganz müde sind und möchten mit der Bahn nach Haus fahren, dann nehmen wir die fünfzig Pfennig und latschen zurück, und je schwerer es uns fällt, um so schöner ist es ...«

»Wahrhaftig!« höhnte ich.

»Und wenn du 'ne Brause möchtest und ich Schokolade, und wenn wir sonntags Rouladen möchten und essen statt dessen saure Linsen – und überhaupt: ein ganz dummer Junge bist du! Und mit dir rede ich drei Tage kein Wort, und auf der Straße gehe ich nun schon überhaupt nicht mit dir ...!«

Und damit ließ sie mich stehen und peste allein los,

und ich ging langsam hinterher. Aber als wir nachher in die Stadtstraßen kamen, ging sie auf der einen und ich auf der andern Seite, als hätten wir nichts miteinander zu tun. Und nur wenn so ein richtiger dicker Haufe sonntäglicher Bürger daherkam, wurde ich furchtbar gemein und rief nach der andern Straßenseite hinüber: »Pssst! Frollein! Hören Sie doch mal, Frollein!« Die Bürger machten Stielaugen, und sie kriegte ein rotes Gesicht und warf den Kopf wütend in den Nacken …

Aber einmal lief sie doch zu mir rüber, da war ihr eingefallen, daß wir ja eine leere Büchsenmilchdose hätten, nur mit den zwei Löchern drin, und da könnte ich doch mit dem Stemmeisen einen Schlitz reinhauen, und wir hätten eine knorke Sparbüchse. Wo es doch sogar Büchsenmilch »Glücksklee« war …

»Großartig«, höhnte ich. »Wie das Geld wohl aussehen mag, wenn es ein halbes Jahr im Milchschlamm gelegen hat!« Weg war sie, und: »Psst! Frollein!« Sie war richtig auf achtzig.

Aber dann fiel *mir* was ein, und ich raste zu ihr rüber und schrie: »Hör mal, du, daran haben wir ja gar nicht gedacht, zu Weihnachten gibt's doch fünfzig Mark Gratifikation!« Erst wollte sie mich ja anfunkeln und fing schon an, wer mir Trottel wohl eine Gratifikation geben würde, aber dann überlegten wir den Fall doch ernsthaft und grübelten, ob es in diesem Jahr bei den schlechten Geschäften überhaupt eine Gratifikation geben würde, und vielleicht doch ja, beinahe sicher doch ja, und kamen zu dem Ergebnis: »Wir wollen so tun, als käme keine. Aber herrlich wäre es …!«

Nun muß ich aber noch berichten, wieso wir eigentlich so mit dem Groschen rechnen mußten und wovon wir eigentlich lebten und was für Aussichten wir eigentlich mit der Gratifikation hatten. Es ist gar nicht so einfach, auseinanderzusetzen, was für eine Art Tätigkeit ich hatte, und ich muß heute selber den Kopf schütteln, und klar ist mir nicht mehr (so kurze Zeit das auch nur her ist), wie ich meine mancherlei Tätigkeiten miteinander vereinigte. Vormittags ab sieben jedenfalls saß ich erst mal auf der Redaktion eines Käseblättchens und machte die Hälfte des lokalen Teils voll, während mir gegenüber Herr Redakteur Preßbold saß und die ganze sonstige Zeitung mit Hilfe von Bildern, Matern, Korrespondenzen, Radio und einer sehr defekten Schreibmaschine füllte. Dafür bekam ich achtzig Mark im Monat, und das war unsere einzige feste Einnahme. War das aber überstanden, dann ging ich los auf Abonnenten- und Inseratenfang, dafür bekam ich Tantieme, eine Reichsmark fünfundzwanzig für jeden Abonnenten und zehn Prozent von jedem Inserat. Dazu hatte ich aber auch das Inkasso einer freiwilligen Krankenkasse (drei Prozent der Beiträge) und die Erhebung der Mitgliedsbeiträge eines Turnvereins (fünf Pfennig pro Mann und Monat). Und um die Sache recht zu krönen, fungierte ich auch noch als Schriftführer des Wirtschafts- und Verkehrsvereins, aber davon hatte ich nur die Ehre und die Spesen und die etwas nebulose Aussicht, daß die Herren mal was für mich tun würden, wenn sich grade mal was fände.

An Tätigkeit fehlte es also nicht, und das Betrübende an der ganzen Geschichte war nur, daß alle Tätigkeiten zusammen kaum soviel einbrachten, um Itzenplitz und mich am Leben zu erhalten – »was anschaffen« war Fremdwort. So manchesmal kam ich vergnittert und trostlos nach Haus, wenn ich den halben Tag umhergelaufen war, an fünfzig Türen geklingelt und keine fünf Groschen verdient hatte. Heut bin ich fest davon überzeugt (wenn sie's auch immer noch nicht wahrhaben will), daß Itzenplitz nur darum so voller aufreizender Einfälle war, um mich in Fahrt und damit auf andere Gedanken zu bringen.

Es muß so im Herbst gewesen sein, nasses Nebelwetter und mieseste Stimmung bei mir, und unsere Weihnachtssparbüchse hatte noch immer keine rechte feste Form angenommen, daß ich nach Haus kam und Itzenplitz mit einem Küchenmesser in der einen und einem der Länge nach durchgesägten Brikett in der andern Hand vorfand.

»Was in aller Welt machst du da?« fragte ich erstaunt, denn sie war dabei, mit der Messerspitze dies halbe Brikett auszuhöhlen. Die andere Hälfte lag vor ihr auf dem Tisch.

»Still, Mumm!« flüsterte sie geheimnisvoll. »Überall sind schlechte Menschen« Und sie zeigte mit dem Messer nach der nur mit Tapete überklebten Tür, hinter der jener Nachbar hauste, den wir unter uns nur Klaus Störtebeker nannten.

»Also, was ist los?« Und nun erfuhr ich es denn im Verschwörerton, sie hatte das Brikett halbiert und wollte es aushöhlen und einen Schlitz reinmachen und mit Syndetikon wieder zusammenkleben, und das sollte unsere Weihnachtssparbüchse werden, und zwischen die andern Briketts wollte sie's stecken. Und ihre Augen funkelten vor List und Geheimnis, und ihre lange Nase schnüffelte mehr als je ... »Und vollkommen meschugge bist du!« sagte ich. »Und außerdem, Weihnachten, der Heber hat gesagt, an eine Gratifikation ist dies Jahr überhaupt nicht zu denken, der Chef ist sooo, weil's Geschäft schlecht geht ...«

»Fein«, sagte sie, »erzähl mir alles schön der Reihe nach, damit ich richtig weiß, wer das Brikett am Weihnachtsabend an den Kopf kriegt.«

Ich habe schon berichtet, unser Redakteur war Herr Preßbold. Das war ein feiner Kerl, schnauzig, polterig, immer dicker werdend, aber zu sagen hatte er nichts, soviel er auch sagte. Zu sagen hatte alles Herr Heber, der die Kasse unter sich hatte und die Bücher führte und das Ohr des Großen Häuptlings besaß. Den Großen Häuptling bekamen wir kleinen Indianer nur alle halbe Jahr mal zu sehen, der karriolte ewig mit seinem Mercedes im Lande umher und hatte hier ein Sägewerk und da 'ne kleine Provinzzeitung und hier ein Zinshaus und da ein Gütchen.

Aber bei uns war seine rechte Hand Herr Heber, ein langschinkiger, dürrer, trockener Zahlenmann, und bei dem hatte ich eine Bohrung angelegt von wegen Weihnachtsgratifikation und fünfzig Mark, aber ich war nicht fündig geworden, im Gegenteil, er hatte sich bei mir erkundigt, ob ich denn schon vom ersten Frost was abbekommen hätte und ob ich 'ne Ahnung hätte, was das hieße, in einem Verlustbetrieb zu arbeiten, und ich sollte froh sein, wenn der Saustall nicht zu Neujahr zugemacht würde.

Und was das Schlimmste war, Preßbold, mit dessen Unterstützung ich fest gerechnet hatte, tutete auf demselben Horn und machte mir noch Vorwürfe wegen meiner Rosinen, ich sollte froh sein, wenn wir nicht abgebaut würden, und den Großen Häuptling bloß nicht reizen. Und während die beiden so auf mich einredeten, dachte ich, daß mir Verlustbetrieb und die Sorgen des Großen Häuptlings ganz piepe seien, und an meinem Auge rauschten die Wunschzettel vorbei, weggeweht wie vom Herbstwind, und es tanzten dahin die warmen Hausschuhe und das Abendkleid und das gute Buch mit der Weihnachtsente.

Ja, richtig, die Weihnachtsente, sie bietet mir Gelegenheit, eine neue Person (nur einmal flüchtig erwähnt) in meinen wahrheitsgetreuen Bericht einzuführen: unsern Nachbar hinter der Tapetentür, genannt Klaus Störtebeker. Wie Störtebeker richtig hieß, das haben wir wohl nie gewußt, er hatte jedenfalls die nördliche, wie wir die südliche Mansarde hatten. Er war ein richtiger schwarzer Mann, eigentlich kann ich ihn nur so zeichnen, daß ich berichte, daß er völlig schwarz wirkte: schwarze struppige Haare, schwarze wild funkelnde Augen und einen schwarzen strubbligen Bart. In der Stadt und namentlich bei der Polizei war er eine sehr bekannte und gefürchtete Persönlichkeit, weil er ein Säufer und ein Krakeeler war. Nebenbei war er noch Heizer im Städtischen Elektrizitätswerk. Wir wohnten dicht bei dicht: Und wenn er sich im Bett umdrehte, hörten wir das, und so wird er denn von uns ja auch alles gehört haben.

Das mit der Ente jedenfalls hatte er gehört, das war auch eine Weihnachtsdiskussion zwischen uns gewesen. Bei ihr wie bei mir war im elterlichen Haus zu Weihnachten die Gans traditioneller Vogel gewesen, aber darauf gerieten wir nun doch bei der Debatte, daß eine Zwölfpfundgans (»wenn sie weniger wiegt, sind's nur Haut und Knochen«) für uns zwei beide etwas zuviel war. Also eine Ente, sozusagen Gans in Oktav statt Folio, grade das Richtige für zwei, aber wo kaufen und wie teuer ...?

In diesem Augenblick erklang in Störtebekers Kammer ein Gebrüll, ein rauhes, unverständliches Gebrüll, und eine Minute darauf schlug eine Faust gegen unsere Tür. Schwankend, aber wild anzusehen wie ein Urwaldbiest, direkt aus dem Bett, so stand Störtebeker in unserer Tür, nur in Hemd und Hose, die er mit einem strammen Griff der linken Hand hochhielt. »Besorg ich euch, den Weihnachtsvogel«, krächzte Störtebeker und funkelte uns an.

Wir waren ziemlich erschrocken und verlegen. Itzenplitz rieb sich die Nase und murmelte immerzu nur was von »sehr freundlich« und »sehr liebenswürdig«, und ich versuchte einen Sermon, daß wir noch nicht völlig entschlossen wären, vielleicht käme doch eine Gans in Frage oder ein Truthahn ...

»Dussels!« brüllte Störtebeker und schmiß die Tür, daß der Kalk von der Decke flog.

Er muß uns aber unsere »Dusselei« trotzdem nicht

übelgenommen haben, das Entenangebot erneuerte er zwar nicht, aber als er eine Woche vor Weihnachten Itzenplitz auf dem Vorplatz traf, wie sie versuchte, aus zwei Brettern einen Tannenbaumfuß zusammenzuhämmern, nahm er ihr die Bretter fort und erklärte: »Mach ich. Hab ein gehobeltes Brett beim Kessel. Schenk ich euch zu Weihnachten. Prima Fuß.«

Aber das ist schon wieder vorgegriffen, eigentlich sind wir noch bei der Gratifikation. Mein erster Angriff also war abgeschlagen, und gewissermaßen zum Troste unternahmen wir nun eine Überprüfung unserer Finanzlage, stellten fest, was wir denn nun eigentlich seit dem großen Weihnachtssparentschluß beiseitegebracht hatten. Das war gar keine so einfache Feststellung, denn Itzenplitz hatte ein ganzes System von Einzelkassen: Wirtschaftsgeld, Taschengeld, Mumms Geld, Kohlenfonds, Neuanschaffungskasse, Mietefonds und Weihnachtskasse. Und da in fast allen Schachteln und Schächtelchen entsprechend unserer Finanzlage meistens Ebbe herrschte, schliefte das bißchen Geld, das da war, wie ein Dachs aus einer Kasse in die andere, und anzusehen war dem Rest nicht, in welche Kasse er gehörte.

Itzenplitz rieb viele Male ihre immer röter werdende Nase, legte hierhin und dorthin, nahm weg, tat zu, während ich am Ofen stand und sarkastische Bemerkungen machte. Schließlich schien festzustehen, daß der Weihnachtsfonds innerhalb dreier Monate auf sieben Mark fünfundachtzig angeschwollen war, vorausgesetzt, daß die Briketts bis zum Ersten reichten. Falls nein, gehörten auch noch zwei Mark fünfzig in den Kohlenfonds.

Wir sahen uns an … Aber es kommt kein Unglück allein, und so tauchten ausgerechnet in diesem Moment vollständiger Pleite in Itzenplitzs Hirn erstens Schwiegermama, zweitens Tutti und Hänschen auf, Nichte und Neffe –: »Mama und den Kindern habe ich doch immer was zu Weihnachten geschenkt. Das muß gehen, Mumm!«

»Bitte, bitte …, aber wenn du mir verraten möchtest, wie –?«

Itzenplitz verriet es nicht, sondern tat etwas Geniales, sie holte mich mal wieder ab vom Käseblättchen und spann dabei den ollen, langweiligen Knochen von Heber in eine geradezu hinreißende Unterhaltung. Ich sehe ihn dort noch sitzen mit seinem langen, betrübten Pferdegesicht, ordentlich mit ein bißchen Rot auf den Backen, sitzen an der einen Seite der Schranke der Expedition, Itzenplitz auf unserm einzigen Rohrstuhl auf der andern Seite der Schranke, Itzenplitz in Glacéhandschuhen und ihrer rotgetupften, weißseidenen Bluse zum Trägerrock, in ihrem billigen Sommermäntelchen. Und sie packte aus, sie plauderte, sie brabbelte, sie schwätzte, sie klönte! Sie gab ihm das Gift, das er haben wollte, sie fütterte sein olles, verstocktes Junggesellenherz mit Klatsch, sie erfand vom Fleck weg, sobald nur ein Name fiel, die schönsten Geschichten. Sie klatschte über Leute, die sie nie gesehen, verlobte, entlobte, es war ein Wirbel, setzte Kinder in die Welt, ließ Erbtanten sterben, aber die Köchin von Paradeisers –!

Und in Hebers alte, glupsche Fischaugen kam richtiges Leben, seine Knochenfaust schmetterte auf die

Schranke. »Von dem habe ich mir das doch immer gedacht –! Nein, so was!!« Und sachte, sachte pirschte sie sich von der Liebe ins Geld, von den teuren neuen Gardinen bei Spieckermanns, wie die das könnten, und wir könnten es jedenfalls nicht, und bei Leisegangs sollte es auch wackeln, aber hier sähe es ja, Gott sei Lob und Dank, glänzend aus, kein Wunder, bei der Geschäftsführung –: »Und überhaupt rechnen wir fest darauf, daß Sie beim Chef ein gutes Wort für uns einlegen wegen der Weihnachtsgratifikation. Herr Heber, Sie können's erreichen …«

Sie saß da, leergepumpt, aber ihre Augen hatten förmlich einen Strahlenkranz von Eifer und Entzücken und Beschwörung – und ich konnte nicht anders, ich schlich mich hinter sie und stieß sie drei-, viermal mit den Knöcheln in den Rücken, um ihr meine Begeisterung merklich zu machen. Aber das olle lange Ekel von Heber war natürlich keine Spur gerührt, er räusperte sich nur trocken und erklärte mit erhobener Stimme und einem Seitenblick auf mich, er wüßte schon Bescheid und mit Speck finge man Mäuse, ihn aber nicht, und wer sich die Pfoten verbrennen wollte, der möchte nur immer selbst zum Chef gehen, bitte schön –!

Es war eine vollkommene, schmähliche Niederlage. Mit kläglichem Gestammel flohen wir aus der Expedition, und Itzenplitz tat mir schrecklich leid. Mindestens fünf Minuten sagte sie kein Wort, sondern schnüffelte nur kummervoll vor sich hin, so zerschmettert war sie.

Aber wie dem auch sein mochte, wie tief auch die Aussichten auf Gratifikation stehen und wie düster unser

Weihnachtsausblick auch sein mochte – am 13. Dezember schneite es in diesem Jahr zum ersten Mal. Es war ein richtiger trockener Kälteschnee, der auf gefrorenen Boden fiel und da liegenblieb, und wir hielten es natürlich nicht aus, sondern liefen los in Frost und Gestöber.

Gott, die kleine, olle, langweilige, geduckte Kleinstadt –! Die Gaslaternen brannten im Schneegestöber für gar nichts, und in unserer Vorstadtstraße liefen die Leute wie blasse Schemen einher. Aber dann kamen wir in die Breite Straße, und alles war strahlend hell von den vielen Schaufenstern. Und die ersten Weihnachtskerzen (olle elektrische) brannten, und wir lehnten mit den Köpfen gegen die Scheiben und diskutierten dies und zeigten uns das. »Sieh mal, das wäre grade für uns richtig!« (Siebenundneunzig Prozent der ausgestellten Sachen waren grade für uns richtig.)

Und dann war da das alte gute Feinkostgeschäft von Harland, und eine Welle von Leichtsinn hob uns, und wir gingen hinein und kauften ein halbes Pfund Haselnüsse, ein halbes Pfund Walnüsse, ein halbes Pfund Paranüsse. »Nur damit es ein bißchen weihnachtlich wird bei uns. Nußknacker brauchen wir nicht, wir knacken zwischen der Tür.« Und dann kamen wir zu der Buchhandlung von Ranft, und siehe, da war etwas Herrliches: »Buddenbrooks« für zwei Mark fünfundachtzig ... »Und, sieh mal, Itzenplitz, die haben sicher bisher zwölf Mark gekostet und jetzt zwei Mark fünfundachtzig, das sind doch bar gespart neun Mark fünfzehn ... Und es muß doch was an Inseraten zu Weihnachten einkommen!« Und wir kauften die »Buddenbrooks« und kamen zum Kaufhaus von Hänel und gingen hinein, bloß um mal zu sehen, was für Mutter und Tutti und Hänschen in Frage käme, und wir kauften für Mutter ein Paar schwarze, sehr warme Handschuhe (fünf Mark fünfzig) und für Tutti einen Ball, phantastisch groß, für eine Mark, und für Hänschen einen Roller (eine Mark fünfundneunzig). Und noch immer trug die Woge und hob uns, und noch sehe ich Itzenplitz unter dem Gewimmel von Käuferinnen vor einem Spiegel stehen und den kleinen weißen Kragen auf ihrem Mantel probieren, mit so einem ernsten, glücklichen Gesicht (welch glücklicher Ernst!) –: »Und etwas schenkst du mir ja doch zu Weihnachten, nicht wahr, Mummimännchen, und später ist vielleicht der Kragen nicht mehr da – ist er nicht süß?«

Es schneite noch immer, als wir nach Haus wanderten, wir gingen dicht eingehängt, ihre Hand in der Ulstertasche bei meiner, und richtig wie richtige Weihnachtskäufer waren wir mit Paketen behängt. Und waren unglaublich glücklich, und die Inserate würden schon kommen …

Aber während zu Haus Itzenplitz Bratkartoffeln zum Abendessen fertigmachte, packte ich, der ich ein ordentlicher, beinah pedantischer Mann bin, die Pakete aus und legte die Einkäufe zusammen, und dann steckte ich das ganze Einwickelpapier in unseren kleinen Kochofen, genannt Brüllerich, und er brüllte auf und prasselte. Wir waren so glücklich beschwingt über unsere Bratkartoffeln, und plötzlich sprang Itzenplitz auf und rief: »Sei nicht bös, Mumm, ich muß und muß mal schnell den kleinen süßen Kragen anprobieren!«

Ich gewährte es, aber – wo war der Kragen? Und wir suchten, nein, nein … »O Gott, du hast Ihn sicher mit dem Einwickelpapier verbrannt!« – »So blöd werd ich sein, Kragen zu verbrennen, gar nicht mitgebracht hast du ihn …« Und sie riß den Ofen auf und starrte in die Glut, starrte, starrte (»er war sooo süß«), ich aber raste los und drang in das geschlossene Kaufhaus und ängstigte müde Verkäuferinnen beim Zusammenpacken um ein verschwundenes Paket und ging langsam, langsam wieder nach Haus … Und bedrückt und still schlichen wir umeinander herum, bis es Schlafengehzeit war …

Aber immer wieder wird es Morgen, man wacht auf, und noch liegt der Schnee, blinkend und strahlend unter dem klaren Winterhimmel. Und ein Kragen ist nicht die Welt –: »Warte nur, wieviel Kragen wir uns noch in unserm Leben kaufen können …« – »Wir sind die Richtigen, haben's ja dazu, mit Kragen für drei Mark zu heizen –!«

Doch es war nun der Vierzehnte, und zwei mal sieben ist zweimal meine Glückszahl, und ob ich nun besonders früh auf die Zeitung kam oder ob die olle Lenzen verschlafen hatte, jedenfalls spukte sie da noch rum bei ihrer Reinmacherei, unsere olle Lenzen, ein Reibeisen, mit einem Gesicht wie ein Reibeisen, die neun Kinder großgezogen hatte, unfaßbar wie, aber alle taten nicht gut und ließen lieber ihre olle Mutter für sich arbeiten, als daß sie einen Finger krumm machten.

Und die olle Lenzen erzählte mir krächzend und

spuckend, wie sie bei Hesses im Schokoladengeschäft – da machte sie auch rein – einen großen Weihnachtsmann aus Schokolade geschenkt bekommen hatte ... »Bald 'nen halben Meter hoch, war ja man bloß hohl, aber was hätten meine Enkelkinder für 'nen Spaß gehabt! Und ich stell ihn auf das Vertiko und hab all die Tage meine Freude dran, und wie ich ihn heute beim Staubwischen anfasse, da hat doch das Aas, die Friedel, meine Jüngste, die jetzt in die Spinnerei geht, der verfressene Balg, hat sie doch von hinten den ganzen Weihnachtsmann aufgefressen, nur noch das bißchen Vorderseite ist da ... Hatte 'ne Vase hintergestellt, daß er bloß nicht umfällt ...« Sie krächzte, schnaubte, röchelte gradezu vor Wut. »Aber warte, wenn ich von Heber meine zwanzig Mark zu Weihnachten kriege, nicht einen Pfennig kriegt sie ab, und wenn sie mir das ganze Weihnachtsfest rumtückscht, daß sie nicht zu Tanz gehen kann ...

Wozu ich bemerkte, daß es dies Jahr mit den Heberschen Gratifikationen wohl Essig sein würde. Aber die olle Lenzen ..., ein Pulverfaß, wie sie spuckte und spie! »Dem werde ich es zeigen, dem Jammerknochen, dem elenden! Der soll von mir noch was zu hören bekommen! Zu Weihnachten kein Geld? Ach, hauen Sie doch bloß ab, Herr Mumm! Glauben Sie, der Olle kippt einen Klaren weniger wegen der schlechten Geschäfte? So blau! Aber immer auf die kleinen Leute! Der soll was hören!«

Und Heber bekam zu hören. Da stand sie, die Lenzen, grauslig anzuschauen, zerschlissen, verschabt, verrunzelt, und sie gab an ... Der Lärm zog sogar Preßbold aus seiner Höhle, und seltsam, dieser selbe Preßbold, der mich schnöde im Stich gelassen hatte, jetzt, da die Lenzen loslegte, gab auch er Töne von sich, sachte Begleitmusik: »Richtig finde ich es ja auch grade nicht, Heber ...« Und: »Da hat Frau Lenz ganz recht ...«

Bis Heber, kalkweiß vor Wut, ausbrach: »Raus hier alle aus meiner Expedition! Bewillige ich die Gratifikationen –? Verrückt seid ihr alle, meschugge! Aber warten Sie, Mumm, Sie sind der Stänker, Mumm ...« Ich wartete nicht. Wieder ein Angriff abgeschlagen. Trübe Aussichten ...

Mein Bericht aber über unser erstes Weihnachten wäre nicht vollständig, wenn nicht Kinder darin vorkämen. Sprachen Itzenplitz und ich von unsern früheren Weihnachtsfesten, so waren es die Feste unserer Kinderzeit, die lebendig wurden. Später gingen sie ineinander über, wie damals hatten nie wieder die Tannenbäume gestrahlt – und ich konnte Itzenplitz noch alles erzählen, wie es gewesen war, als ich das Puppentheater bekam und dann, zwei Weihnachten später, die Bleifiguren zum Robinson Crusoe ...

»Richtig schön ist es nur mit Kindern. Ein bißchen allein wird es ja sein bei uns ...« Und Itzenplitz sah langsam um sich, sah in die Winkel, wo die dunklen Schatten standen ...

Und dann bekamen wir doch noch ein Kind, kurz vor Weihnachten. Es war der 18. Dezember, aus dem Schnee war Schmutz geworden, grausige, alles durchdringende Nässe, trübe, zähe Nebel, Tage, die nicht hell wurden.

An einem dieser Nachmittage, die nicht Tag und nicht Nacht waren, hatte es vor unserer Zimmertür geklagt und geweint, fast wie ein kleines Kind, und als Itzenplitz die Tür aufgemacht hatte, da kauerte dort etwas, halbtot vor Nässe und Kälte: eine Katze, eine junge, grauweiße Katze.

Ich bekam unsern Gast erst ein paar Stunden später zu sehen, als ich nach Haus kam von der Werbung, er sah schon ein bißchen trocken aus und glatter, aber auch da war es kein Zweifel, daß dieses kleine, grauweiße Biest mit einem schwarzen Fleck über das halbe Gesicht eine richtige hundskommune Straßenkatze war ... »Hule-Mule«, sagte Itzenplitz. »Unsere Hule-Mule ...«

Ja, da war nichts dagegen zu sagen, diese Nacht würde sie noch in der Sofaecke schlafen, und morgen würde Itzenplitz sehen, daß sie beim Kaufmann eine alte Margarinekiste bekam und Flicken darein für Hule-Mule (obwohl in einem so jungen Haushalt selbst Flicken knapp sind) – nun, und so hatten wir jedenfalls ein Kind und würden nicht ganz, ganz allein sein.

In dieser Nacht aber wachte ich auf, es mußte spät sein, aber das Elektrische brannte, und am Sofa stand eine weiße Gestalt im Nachthemd, stockstill. »Itzenplitz«, rief ich. »Komm doch, du erkältest dich ja ...« Sie machte nur eine abwehrende Bewegung, und nach einer Weile stand auch ich auf und trat neben sie.

»Sieh doch«, flüsterte sie. »Sieh doch!« Das Kätzchen war wach geworden. Es strich mit den Vorderpfoten den Kopf entlang, dann streckte es eine rosige Zunge aus und gähnte. Es dehnte sich. Itzenplitz sah atemlos zu. Mit zwei Fingern kraulte sie die Katze leise unterm Kopf.

»Hule-Mule«, flüsterte sie. »*Unsere* Hule-Mule ...«

Sie sah mich an.

So was vergißt sich nicht. Eigentlich hatte ich mein Weihnachten schon weg und Ostern, Pfingsten und alle großen Festtage dazu. »Unsere Hule-Mule!«

Und aus dem Achtzehnten wurde der Neunzehnte, und die Tage gingen weiter, und das Geld blieb knapp, und das Annoncengeschäft hielt nicht, was es versprach, und die Aussichten waren düster. Am Zweiundzwanzigsten abends fing Itzenplitz zu bohren an, ob Heber sich denn gar nichts merken ließe und ob ich denn nicht einmal mit dem Großen Häuptling selber sprechen wollte, und es wäre doch keine Art, und es müßte einem doch Bescheid gesagt werden ...

Am Dreiundzwanzigsten strich ich um Heber herum wie ein Bräutigam um seine junge Braut, aber er ließ sich nichts merken und war so knochig und fischig wie je. Und am Dreiundzwanzigsten abends hatten Itzenplitz und ich unsern ersten richtigen Krach, weil ich nichts gesagt hatte, und außerdem hatte Hule-Mule aus einem Alpenveilchen, unserm einzigen Alpenveilchen, das uns Frau Preßbold geschenkt hatte, alle Blütenstiele rausgezogen, und außerdem hatte Störtebeker den Tannenbaumfuß noch immer nicht abgeliefert, sondern Itzenplitz wieder mal auf »morgen« vertröstet.

Morgen brach an, der 24. Dezember, Weihnachtstag, und sah aus wie ein ganz gewöhnlicher, diesiger, grauer Wintertag, nicht warm und nicht kalt. Um zehn ging

Heber zum Chef, und ich hab gesessen und auf seine Rückkehr gelauert, hab einen Kohl über den Weihnachtsfilm, der im Olympia-Kino lief, geschrieben, der war nicht von schlechten Eltern. Heber kam wieder und sah knochig und fischig aus wie eh und je und setzte sich an seinen Platz und rief brummig zu mir rüber: »Mumm, Sie müssen gleich zu Betten-Ladewig gehen. Der behauptet, er hat nur 'ne Viertelseite aufgegeben und Sie haben 'ne halbe geschrieben. Immer machen Sie so 'nen Mist ...«

Und während ich durch die Straßen trabte, dachte ich immer nur: Arme Itzenplitz ..., arme Itzenplitz ... Ich war innen ganz zusammengefallen, fünf Mark hatten wir noch im Haus, aber richtig, richtig hatte ich nie an eine Gratifikation geglaubt. Wenn man was ganz nötig braucht, kriegt man es nie.

Bei Ladewig hatte natürlich ich recht, es fiel ihm wieder ein, und er war so anständig, es zuzugeben. Und ich schlich langsam zurück auf die Zeitung und sagte es Heber, und der meinte: »Na also, ich sag's ja immer ... So was wollen Geschäftsleute sein. Übrigens da, unterschreiben Sie die Quittung, ich hab den Chef doch wieder mal rumgekriegt ...«

Erst war es wie ein Taumel, einen Augenblick war mir richtig schwarz vor den Augen. Und dann wurde alles hell, strahlend hell, und am liebsten hätte ich den ollen Kabeljau rechts und links abgeknutscht. Und dann griff ich nach dem Fünfzigmarkschein und schrie: »Eine Sekunde, Herr Heber ...« und raste, wie ich ging und stand, den Schein in der Pfote, die Breite Straße runter in die Neuhäuser Straße, über den Kirchplatz, über den Reepschlägergang in die Stadtrat-Hempel-Straße und stürmte die Treppe hinauf und brach wie ein Hurrikan in unsere Bude und knallte den Schein auf den Tisch und schrie: »Schreib auf, was wir kaufen, Itzenplitz! Hol mich um zwei ab!« Und küßte sie und wirbelte sie rum und war schon wieder unten und wieder auf der Zeitung, und dieser Spiegelkarpfen von einem Heber hatte sich doch wahrhaftig noch nicht von seiner Verblüffung erholt und mümmelte nur ganz kümmerlich vor sich hin: »So doof wie Sie möchte ich nur mal 'ne Stunde am Sonntag sein, Mumm!«

Aber als es zwei wurde, und Heber gegangen war, kam sie. Dies aber war der Zettel, unser Weihnachtsbesorgungszettel, unser endgültiger, den sie mir zu lesen gab:

1. *Fürs Essen:*

1 Ente	5.00	
Rotkohl	0.50	
Äpfel	0.60	
Nüsse	2.00	
Feigen, Datteln, Rosinen	3.00	
Sonstiges	5.00	16.10

2. *Für den Baum:*

Unser Baum	1.00	
12 Kerzen	0.60	
Kerzenhalter	0.75	
Lametta	0.50	
Wunderkerzen	0.25	3.10

3. *Für Hule-Mule:*		
1 Eimer frischer Sand	0.25	
1 Bückling	0.15	0.40
4. *Für Mumm:*		
Handschuhe	4.00	
Zigaretten	2.00	
1 Oberhemd	4.00	
1 Schlips	2.00	
Noch was	2.00	14.00
5. *Für Itzenplitz:*		
1 Lotterielos	1.00	
1 Schere	2.50	
1 Kragen	3.00	
1 Schal	6.00	
Haarschneiden und Frisieren	2.00	14.50
Unser Weihnachten:		48.10

»Hör mal zu«, begann Itzenplitz im Eilzugstempo, denn um vier war Hebers Mittagspause vorbei, und bis dahin mußte alles besorgt sein. »Hör mal zu. Es ist ja schrecklich viel Geld für die Fresserei, aber die Ente langt mindestens vier Tage, und es ist ja nur einmal Weihnachten. Für meine Näherei muß ich jetzt endlich 'ne richtige Schere haben, mit der Nagelschere, das geht nicht länger. Und die Preise werden alle so ziemlich stimmen, und bis zum Ersten behalten wir grade sieben Mark übrig, für jeden Tag eine Mark, und damit kommen wir gut aus. Wunderkerzen muß ich am Baum haben, weißt du, die so zischen und prasseln, und ich kann wirklich nichts dafür, daß ich fünfzig Pfennig besser weggekommen bin als du, ich könnte ja auf das Los verzichten, aber man muß doch auch nach Weihnachten auf was hoffen, wenn wir auch sicher nichts gewinnen ...«

»Was ist ›noch was‹ –?« unterbrach ich ihren Redestrom.

»Oh, Mummimännchen, daß ich noch 'ne ganze kleine, klitzekleine Überraschung für dich habe!«

»Ich will auch zwei Mark für ›noch was‹ haben«, erklärte ich drohend.

»O Gott, da bleiben uns nur fünf Mark übrig, und wenn der Gasmann kommt, und ich schneide zwei Mark fünfzig besser ab als du! Und es ist wirklich nicht nötig, ich bin ja soo glücklich über unser Weihnachten!«

»Ich will aber«, beharrte ich.

Und dann ging Itzenplitz und holte die olle Lenzen, und die versprach, bis vier mich stellzuvertreten – und eine einladende Stellvertreterin war sie. Aber wer sollte schon am Vierundzwanzigsten nachmittags auf die Zeitung kommen?

Wir aber rasten los, und natürlich stimmten alle Preise nicht, sondern mein Oberhemd kostete sieben, und dafür ließen wir den Schlips fallen und drückten die Handschuhe um eine Mark. Itzenplitz aber fand einen herrlichen Schal, rot und weiß und blau, aus so 'nem gefältelten Seidenstoff für vier Mark fünfzig. Und den gleichen Kragen wie den verbrannten bekamen wir auch!

Die Ente aber aus dem alten guten Feinkostgeschäft von Harland wog vierzweizehntel Pfund und kostete fünf Mark fünfundvierzig, was war das aber auch für eine Ente!

Natürlich reichte die Zeit nicht bis vier, aber wir verabredeten, daß ich jetzt rasch, rasch auf die Zeitung sollte, damit der Heber nichts merkte, und um halb fünf sollte ich mir Feierabend erbitten. Bis dahin aber wollte Itzenplitz sich Haare schneiden und frisieren lassen, und dann wollten wir gemeinsam den Rest unserer Einkäufe besorgen.

Fünf Minuten vor vier war ich auf der Zeitung, und siehe, die olle Lenzen hatte einem Brautpaar eine Verlobungsanzeige für neun Mark achtzig abgenommen (alles konnte die Frau), und als Heber kam, ruhte ich nicht, bis er mir meine achtundneunzig Pfennig Tantieme ausbezahlt hatte. Und er war ganz fassungslos, daß ich schon wieder Geld brauchte, wo ich doch grade meine Gratifikation bekommen hatte, aber ich muß sagen, schließlich war er richtig weihnachtlich großzügig und gab mir eine ganze Mark.

Gleich nach halb fünf hatte ich wirklich Feierabend und raste in die Steinmetzstraße, und richtig war der gute Unger wirklich zu Haus, der vor drei Wochen seine Verlobung aufgelöst und sich seine Brautgeschenke hatte zurückgeben lassen. Und wir wurden handeseins, und ich kaufte von ihm die süße dünne Goldkette mit dem Aquamarinanhänger: drei Mark Anzahlung (zwei Mark »noch was« plus eine Mark Verlobungstantieme) und fünfzehn Wochenraten zu einer Mark ab 1. Januar.

Aber wenn ich gedacht hatte, daß Itzenplitz schon wartend vor der Friseurtür stehen würde, so war das nicht so. Alle Mädchen und Frauen schienen sich ausgerechnet heute frisieren zu lassen. Aber dann war ich, trotz meiner kalten Füße, nicht böse, als sie da vor mir mit ihren Locken und Löckchen und Ringelchen auftauchte, und wir stürzten uns wieder in den Strudel der Weihnachtseinkäufe, an meiner Brust aber lag der Aquamarin.

Dann waren wir zu Haus, es war schon lange dunkel, und ich kriegte den Eimer zu fassen und raste los ins Baugeschäft nach Sand, und schön knurrig war der Platzverwalter, daß ich da noch mit so 'nem dicken Auftrag auf Katzensand um drei Viertel sieben angetrudelt kam. Zu Haus aber fand ich Itzenplitz in heller Verzweiflung. Störtebeker hatte sich noch immer nicht mit seinem Tannenbaumfuß gemeldet, aber zu Haus war er, wir hörten ihn rascheln.

Hand in Hand schlichen wir über den dunklen Vorplatz und klopften an seine Tür, hörten, wie er sich im Bett hin und her schmiß, hörten schnarchen, machten leise die Tür auf: In einer Pulle steckte eine Flackerkerze, und mit einer andern, halb geleerten Pulle war der Klaus Störtebeker eingepennt. Wir hatten ja schreckliche Angst vor ihm, aber wir schlichen doch wie die Indianer in die Kammer und suchten nach dem Fuß. Es war nicht viel zu suchen, und der Fuß war eben noch immer nicht da. Grade aber war Itzenplitz dabei, mit echt weiblicher Hartnäckigkeit eine Schublade aufzuziehen, da krächzte es vom Bett her: »Na, ihr jungen Lauser … Tannenbaumfuß? Morgen bestimmt!« Und schlief schon wieder.

Fünf Minuten vor sieben raste ich stadtwärts, und im Eisengeschäft von Günther waren Tannenbaumfüße ausverkauft, und bei Mamlock rasselte vor meiner Nase die eiserne Rolljalousie runter.

Zehn Minuten nach sieben trat ich wieder daheim an, ohne Tannenbaumfuß, und da stand unser Bäumchen in einem Sandeimer, in einem Hule-Mule-Katzensandeimer, herrlich drapiert mit einem weißen Tischtuch – stand unser Weihnachtsbaum, strahlte und funkelte.

Schönes, herrliches Weihnachtsfest – und die olle Itzenplitz fing doch wahrhaftig an zu heulen über den Aquamarinanhänger. »So was Schönes hab ich nun freilich nicht für dich.« Und das Feuerzeug war doch wirklich gut. Dann aber standen wir und sahen uns an, wie »unsere Hule-Mule« mit Knacken und Zerren ihren Bückling verdrückte, und leise sagte Itzenplitz: »Im nächsten Jahr brauchen wir keine Hule-Mule.«

Lieber Hoppelpoppel – wo bist du?

Es war einmal ein kleiner Junge, der hieß Thomas. Dem hatten seine Großeltern zum ersten Weihnachtsfest einen kleinen Hund aus schwarzem Plüsch geschenkt, mit Hängeohren und frechen braunen Augen, eine Art Dackeltier, aber auf Rädern. Und da die Achsen dieser Räder nicht im Mittelpunkt saßen, sondern seitlich, hoppelte und wogte das schwarze Stoffgeschöpf auf und nieder, als haste es wild und über alle Kraft imaginären Hasen nach. Darum taufte der Vater den Hund »Hoppelpoppel«, und als Thomas etwas älter geworden war und sprechen konnte, genehmigte auch er diesen Namen. Er liebte den Hund sehr, immer mußte er bei ihm sein, auch im Schlaf durfte er ihn nicht verlassen, und er wachte sehr genau darüber, daß die Eltern nicht nur ihrem Sohn, sondern auch dem Hoppelpoppel gute Nacht sagten. Es war eben eine richtige Liebe.

Nun geschah es, daß Toms Eltern an einen neuen Wohnsitz verzogen, weit, weit weg. Der kleine Thomas blieb während der Umzugstage bei der guten Tante »Kunjä«, und mit ihm natürlich Hoppelpoppel – wie hätte Tom sonst bei Tante Kunjä schlafen können?

Nach einer Weile war es dann soweit: Tante Kunjä fuhr mit Tom und dem Hund nach dem neuen Häuserchen. Auf dem Bahnhof erwartete sie der Vater, und der kleine Tom war so selig und verlegen über dies Wiedersehen, daß er schnurstracks seinen Kopf durch des Vaters Beine steckte und so den abfahrenden Zug betrachtete.

Dann gingen die drei Hand in Hand durch den Wald zur Mummi ins neue Häuserchen, und da kam plötzlich ein Augenblick, da Tante Kunjä angedonnert stehenblieb: »O Gott, habe ich nun doch den Hoppelpoppel in der Bahn liegengelassen!«

Der Vater machte rasch eine Kopfbewegung und sagte: »Still! Still! Hier hat der ›Herr‹ soviel neue Eindrücke, daß er ›ihn‹ einfach vergißt.«

Tom sagte noch gar nichts. Er marschierte stramm auf seinen Beinchen zwischen den beiden Großen und sah die herrlich hohen Bäume mit den Pieksenadeln an. Dann kam ein Zwinger mit einem Hund, und nun stand die Mummi unten auf einer Treppe und hielt die Arme weit auf. Sie gingen durch eine große Tür auf einen weiten Balkon, und plötzlich war da unten ein langes, langes Wasser, und ein Dampfer kam um die Waldecke und ein Kahn, zwei Kähne, viele Kähne …

Es wurde Abend, und der kleine Junge mußte ins Bett. Er war müde und selig aufgeregt, aber als ihn die Mutter über die Bettleiter hob, sagte er: »Hoppelpoppel!«

Der Vater sagte ernst: »Hoppelpoppel fährt mit der Puffbahn, Thomas. Hoppelpoppel kommt morgen.«

Das Kind sah seine Eltern fragend an, erst sagte es nichts, als aber dann das Licht ausgemacht wurde, bat es wieder, dringend: »Hoppelpoppel!«

»Thomas muß jetzt schlafen«, sagte die Mutter streng und machte die Tür von außen zu. Die Eltern standen atemlos und lauschten. Nein, kein Gebrüll, kein Weinen, sondern Stille. – »Er wird sich beruhigen«, sagte Mummi. »Aber besser ist doch, du gehst morgen zur Bahn und machst eine Verlustanzeige.«

»Schön«, sagte der Mann. »Obgleich es keinen Zweck hat. Denn der Zug fährt weiter nach Polen, und die werden uns grade einen Hoppelpoppel zurückschicken!«

Am nächsten Morgen machte der Vater seine Verlustanzeige, dann kam der Nachmittagsschlaf – aber nein, es kam kein Nachmittagsschlaf.

»Hoppelpoppel!«

»Hoppelpoppel kommt bald.«

»Nun! Gleich!!«

»Thomas muß schlafen!«

Gebrüll, Wut, Trostlosigkeit, Jammer, nur kein Schlaf. Und am Abend dasselbe. Das neue Häuserchen und das viele Wasser und der Garten und der Hund im Zwinger und die vielen Dampfer – alles nichts! Hoppelpoppel, lieber Hoppelpoppel – wo bist du? Hoppelpoppel, ein alberner, schwarzer Stoffhund, war eine finstere Wolke am Himmel, nach drei Tagen überhing sie alles!

»Also ich fahre morgen nach Berlin und kaufe einen neuen Hoppelpoppel«, sagte der Vater zur Mummi.

»Vielleicht kriegst du solch einen gar nicht?«

»Soll das, bitte, hier so weitergehen?!«

Der Vater fuhr also, und schließlich fand er auch seinen Stoffhund, er fand genau den Hoppelpoppel. Er war lange umhergelaufen, er hatte viel Fahrgeld ausgegeben, aber: Heute nacht wird Tom endlich wieder ruhig schlafen.

Der Vater war so glücklich über den kleinen Hund, am liebsten hätte er aller Welt Gutes getan. Da war im Abteil ein Kind, es war natürlich kein Kind wie der Thomas, nein, sondern ein dunkles, blasses Kind, es war ein meckriges Kind, es war ein schwieriges, störendes Kind, aber es war ein Kind … Es saßen noch zwei Herren im Abteil, das hielt den Vater nicht ab, er machte Kuckuck mit dem Kind, er lenkte es ab, er half der Mutter, so gut er konnte, aber es verschlug nichts, es blieb ein schwieriges Kind.

Der Vater nahm aus dem Netz das kleine braune Paket, das Kind sah zu. Er schnürte langsam das Paket auf, das Kind sah genau hin.

Was da wohl drin ist?

Er faltete das Papier auf, ließ ein bißchen sehen, mehr …

»Hoppelpoppel«, sagte der Vater ernst.

»Wauwau«, antwortete das Kind selig.

Es wurde nun doch eine sehr gute Bahnfahrt. Siehe, der dicke brummige Herr in der Ecke war ein rechter Großvater, er zog den Hoppelpoppel auf der leeren Bank zu sich hin. Hoppelpoppel hoppelte. Der Vater zog ihn am Schwanz zurück. Das Kind jauchzte.

Manchmal ging eine kleine Sorgenwolke über des Vaters Herz. »Wie weit fahren Sie?« fragte er die Mutter des Kindes.

»Bis Neu-Bentschen. Und Sie –?«

»Oh, ich muß viel früher raus. Ihr Junge wird ja den Hund bis dahin überhaben.«

»Das weiß ich nicht«, sagte die Frau. »Wenn er was liebt, dann liebt er es auch richtig.«

»Na, eine Weile fahren wir ja auch noch«, sagte der Vater nachdenklich und ließ den Hund bellen.

Der Vater kramte das braune Papier wieder vor und den Bindfaden. »Nun paß auf, jetzt geht Hoppelpoppel schlafen.«

Das Kind sah aufmerksam zu, aber dann, als der Hund im Papier verschwand, fing es an zu weinen. »Hoppäpoppä«, sagte es klagend.

Alle redeten auf das Kind ein, das Kind weinte stärker, der Vater sagte: »Ich brauche ihn ja schließlich nicht eingepackt mitzunehmen, er kann ihn ja noch den Augenblick halten …«

Das Kind nahm den Hoppelpoppel in den Arm, es lächelte, es lächelte – lieber Himmel!, es war doch ein sehr ähnliches Kind …

Der Zug fuhr langsamer, der Zug hielt.

»Nun gib dem Onkel den Hoppelpoppel.«

Das Kind hielt den Hund fest.

»Willst du wohl artig sein, gibst du –!«

»Aussteigen –!«

»Du sollst den Hund loslassen!«

»Gib mir doch den Wauwau, bitte, bitte! Ich habe auch einen kleinen Jungen …«

»Sie wollen noch raus? Bitte, beeilen!«

Alles ging durcheinander, das Kind weinte schmerzlich, der Schaffner schimpfte. Eine Hand (es war die Hand der Mutter) riß an der klammernden Kinderhand, das Weinen wurde lauter. Der Vater stand draußen mit seinem Hoppelpoppel, er dachte verwirrt: Wenn er was liebt, dann liebt er es auch richtig …

Der Zug fuhr an, der Vater riß die Tür wieder auf, warf den Hund ins Abteil. Der Zug fuhr schneller, am Fenster waren Mutter und Kind zu sehen, das Kind hielt den Hoppelpoppel …

Der Mann ging langsam durch den dunklen Wald nach Haus, er hatte es nicht eilig. Wenn er zu Haus ankommen würde, würde sein Junge grade ins Bett gebracht werden, er würde sehnsüchtig betteln: Hoppelpoppel! Der Mann bereute nicht, der Mann schalt sich nicht, er war nur traurig. Irgend etwas war nicht in Ordnung auf dieser Welt, irgend etwas stimmte nicht: Dem einen geben, daß der andere weint –?

Der Mann schloß die Tür auf, oben krähte der Tom. Der Mann ging langsam und leise die Treppe hinauf, er hing leise den Mantel fort, er zog seine Hausschuhe an … Schließlich mußte er doch die Tür aufmachen …

Da aß sein kleiner Sohn am Tischchen den Haferbrei, und auf dem Tischchen stand der Hoppelpoppel! Der Hoppelpoppel mit einem langen, langen Zettel am Hals.

»Sieh nur, Mann«, sagte die Mummi.

Auf dem Zettel standen viele bahnamtliche Vermerke,

aber da stand auch: »Zbaszyń (Bentschen). Kleine schwazze Hund, särr biese. Beißt …«

»Kleine schwazze Hund, särr biese …«, sagte der Vater langsam.

Komisch: plötzlich war die Welt wieder in Ordnung.

Der gestohlene Weihnachtsbaum

Ein wesentlicher Unterschied zwischen Kindern und Erwachsenen ist der, daß die Großen ungefähr wissen, was sie vom Leben zu erwarten haben, die Kinder aber erhoffen noch das Unmögliche. Und manchmal behalten sie damit sogar recht.

Seit Mitte Dezember der erste Schnee gefallen war, dachte Herr Rogge wieder an den Weihnachtsbaum und die alljährlich wiederkehrenden endlosen Schwierigkeiten, bis er ihn haben würde. Die Kinder aber nahmen allmorgendlich ihre kleinen Schlitten und zogen in den Wald, den Weihnachtsmann zu treffen. Natürlich war es einfach lächerlich, daß es in diesem Lande mit Wald über Wald keine Weihnachtsbäume geben sollte. Überall standen sie, sie wuchsen einem gewissermaßen in Haus, Hof und Garten, aber sie gehörten nicht Herrn Rogge, sondern der Forstverwaltung. Der alte Förster Kniebusch aber, mit dem Herr Rogge sich übrigens verzankt hatte, verkaufte schon längst keine Baumscheine mehr.

»Wozu denn?« fragte er. »Es kauft ja doch keiner einen. Und wenn sie sich ihren Baum lieber ›so‹ besorgen, habe ich doch den Spaß, sie zu erwischen, und ein Taler

Strafe für einen Baum, den ich ihnen aus den Händen und mir ins Haus trage, freut mich mehr als sechs Fünfziger für sechs Baumscheine.«

So würde also Herr Rogge sich entweder den Baum »so« besorgen müssen – was er nicht tat, denn erstens stahl er nicht, und zweitens gönnte er Kniebusch nicht die Freude –, oder er würde achtzehn Kilometer in die Kreisstadt auf den Weihnachtsmarkt fahren müssen, zur Besorgung eines Baumes, der ihm vor der Nase wuchs – und das tat er erst recht nicht, und den Spaß gönnte er Kniebuschen erst recht nicht. Blieb also nur die unmögliche Hoffnung auf den Weihnachtsmann und seine Wunder, die die Kinder hatten.

Gleich hinter dem Dorf ging es bergab, einen Hohlweg hinunter, in den Wald hinein. Manchmal kamen die Kinder hier nicht weiter, über dem schönen sausenden Gleiten vergaßen sie den Weihnachtsmann und liefen immer wieder bergan. Heute aber sprach Thomas zum Schwesterchen: »Nein, es sind nur noch drei Tage bis Weihnachten, und du weißt, Vater hat noch keinen Baum. Wir wollen sehen, daß wir den Weihnachtsmann treffen.«

So ließen sie das Schlitteln und traten in den Wald. Was der Thomas aber nicht einmal dem Schwesterchen erzählte, war, daß er Vaters Taschenmesser in der Joppe hatte. Mit sieben Jahren werden die Kinder schon groß und fangen an, nach Art der Großen ihren Hoffnungen eine handfeste Unterlage zu verschaffen. –

Der alte Kakeldütt war das, was man früher ein »Subjekt« nannte, wahrscheinlich, weil er so oft das Objekt behördlicher Fürsorge war. Aus dem mickrigen Leib wuchs ihm ein dürrer, faltiger, langer Hals, auf dem ein vertrocknetes Häuptlein wie ein Vogelkopf nickte. Wenn der Herr Landjäger sagte: »Na, Kakeldütt, denn komm mal wieder mit! Du wirst ja wohl auch allmählich alt, daß du vor den sehenden Augen von Frau Pastern ihre beste Leghenne unter deine Jacke steckst«, dann krächzte Kakeldütt schauerlich und klagte beweglich: »Ein armer Mensch soll es wohl nie zu was bringen, was? Die Pastern hat 'ne Pieke auf mich, wie? Und Sie haben auch 'ne Pieke auf mich, Herr Landjäger, wie? Natürlich in allen Ehren und ohne Beamtenbeleidigung, was?« Und bei jedem Wie und Was ruckte er heftig mit dem Häuptlein, als sei er ein alter Vogel und wolle hacken. Aber er wollte nicht hacken, er ging ganz folgsam und auch gar nicht unzufrieden mit.

Wir aber als Erzähler denken, wir haben unsere Truppen nun gut in Stellung gebracht und die Schlacht gehörig vorbereitet: Hier den alten Förster Kniebusch, der gern Tannenbaumdiebe fängt. Dort den Vater Rogge, in Verlegenheit um einen Baum. Ziemlich versteckt das anrüchige Subjekt Kakeldütt mit großer Findigkeit für fragwürdigen Broterwerb, und als leichte Truppen, die das Gefecht eröffnen, Thomas mit dem Schwesterchen, ziemlich gläubig noch, aber immerhin mit einem nicht einwandfrei erworbenen Messer in der Tasche. Im Hintergrund aber die irdische Gerechtigkeit in Gestalt des Landjägers und die himmlische, vertreten durch den Weihnachtsmann.

Alle an ihren Plätzen –? Also los!

Das erste, was man durch den dick mit Schnee gepolsterten, stillen Wald hört, ist: ritze-ratze, ritze-ratze … Kakeldütt, erfahrener auf dunklen Pfaden als der siebenjährige Thomas, weiß, daß ein Tannenbaum sich schlecht mit einem Messer, gut mit einer Säge von den angestammten Wurzeln lösen läßt.

Herr Rogge, in Zwiespalt mit sich, greift nach Pelzkappe und Handstock: Hat man keinen Tannenbaum, kann man sich doch welche im Walde beschauen. Kniebusch stopft seine Pfeife mit Förstertabak, ruft den Plischi und geht gegen Jagen elf zu, wo die Forstarbeiter Buchen schlagen. Die Kinder haben unter einem Ginsterbusch im Schnee ein Hasenlager gefunden, hinten ist es zart gelblich gefärbt.

»Osterhas Piesch gemacht!« jauchzt Schwesterchen.

Die alte gichtige Brommen aber hat schon zwanzig Pfennig für den Kakeldütt, der ihr weißwohlwas besorgen soll, bereitgelegt. Ritze-ratze … Ritze-ratze …

Förster Kniebusch – die akustischen Verhältnisse in einem Walde sind unübersichtlich –, Förster Kniebusch ruft leise den Hund und windet. »I du schwarzes Hasenklein! War das nun drüben oder hinten –? Warte, warte …«

Ritze-ratze …

Thomas und das Schwesterchen horchen auch. Schnarcht der Weihnachtsmann wie Vater –? Hat er Zeit, jetzt zu schnarchen –?! Friert er nicht –? Erfriert er gar – und ade der bunte Tisch unter der lichterleuchtenden Tanne?!

Ritze-ratze …

Herr Rogge hat die Fußspuren seiner Kinder gefunden und vergnügt sich damit, ihre Spuren im Schnee nachzutreten, mal Schwesterchens, mal Brüderchens. Auch er findet das Hasenlager, auch er spitzt die Ohren. Thomas wird doch keine Dummheiten machen? denkt er. Ich hätte doch in die Stadt fahren sollen.

»Ach nee, ach nee«, stöhnt ganz verdattert Kakeldütt, wackelt mit dem Vogelkopf und starrt auf die Kinder. »Wer seid denn ihr? Ihr seid wohl Rogges –?«

»Das ist der Weihnachtsbaum«, sagt Thomas ernst und betrachtet die kleine Tanne, die mit ihren dunklen Nadeln still im Schnee liegt.

»Weihnachtsbaum – Weihnachtsmann«, brabbelt Schwesterchen und sieht den ollen Kakeldütt zweifelnd an. Ist das ein echter Weihnachtsmann? Enttäuschung, Enttäuschung – ins Leben wachsen heißt ärmer werden an Träumen.

»Ich hab 'nen Baumschein vom Förster, du Roggejunge«, verteidigt sich Kakeldütt ganz unnötig.

»Hilfst du mir auch bei unserer Tanne?« fragt Thomas und greift in die Joppentasche. »Ich hab ein Messer.«

In Kakeldütts Hirn erglimmen Lichter. Rogges haben Geld. Sie zahlen nicht nur zwanzig, sie zahlen fünfzig Pfennig für einen Weihnachtsbaum. Sie zahlen eine Mark, wenn Kakeldütt den Mund hält. »Natürlich, Söhning«, krächzt er und greift wieder zur Säge. »Nehmen wir gleich den –?«

Herr Rogge auf der einen, Förster Kniebusch auf der

andern Seite den Tannen enttauchend, sehen nur noch Thomas und Schwesterchen. Keinen Kakeldütt.

»Thomas!« ruft Herr Rogge drohend.

»Rogge!« ruft Kniebusch triumphierend.

»Nanu!« wundert sich Thomas und starrt auf die Äste, die sich noch leise vom weggeschlichenen Kakeldütt bewegen.

Der Sachverhalt aber ist klar: ein abgeschnittener Baum, ein Junge mit einem Messer in der Hand …

»Ich freue mich, Rogge«, sagt Kniebusch und freut sich ganz unverhohlen. »Stille biste, Plischi!« kommandiert er dem Hund, der in die Schonung zieht und jault.

»Du glaubst doch nicht etwa, Kniebusch?« ruft Rogge empört. »Thomas, was hast du getan?! Was machst du mit dem Messer?«

»Deinem Messer, Rogge«, grinst Kniebusch.

»Hier war 'n Mann«, sagt Thomas unerschüttert. »Wo ist der Mann hin?«

»Weihnachtsmann«, kräht Schwesterchen.

Kinder zu erziehen ist nicht leicht – Kinder vorm Antlitz triumphierender Feinde zu erziehen ist ausgesprochen schwer. »Komm einmal her, Thomas«, sagt Herr Rogge mit aller verhaßten väterlichen Autorität. »Was machst du mit meinem Messer? Woher hast du mein Messer?« Er gerät unter dem Blick des andern in Hitze. »Wie kommt die Tanne hierher? Wer hat dir gesagt, du sollst eine Tanne abschneiden?«

»Hier war 'n Mann«, sagt Thomas trotzig im Bewußtsein guten Gewissens. »Vater, wo ist der Mann hin?«

»Weihnachtsmann weg!« kräht Schwesterchen.

»Sollst du lügen, Tom?« fragt Herr Rogge zornig. »Ekelhaft ist so was! Komm, sage ich dir ...« Und mit aller väterlichen Konsequenz eilt er mit erhobener Hand auf den Sohn zu. Ausgerechnet angesichts von Kniebusch als Waldfrevler erwischt! Nichts mehr scheint eine väterliche Tracht Prügel abwenden zu können.

»Halt mal, Rogge!« sagt Förster Kniebusch mit erhobener Stimme und zeigt mit dem Finger auf den frischen Baumstumpf. »Das ist gesägt und nicht geschnitten.«

Rogge starrt. »Wo hast du die Säge, Junge?«

»Hier war 'n Mann«, beharrt Thomas.

»Und recht hat der Junge, und du hast unrecht. Rogge«, freut sich der Kniebusch. »Da die Spuren – das sind nicht deine und nicht meine. – Und du hast überhaupt meistens und immer unrecht, Rogge. Damals, als wir uns verzürnt haben, hattest du auch unrecht. Fische können nicht hören! Du bist rechthaberisch, Rogge, und was war hier für ein Mann, Junge?«

»Ein Mann.«

»Und wenn ich dieses Mal unrecht hab, aber ich hab's nicht, denn wozu hat er das Messer? – Damals hatte ich doch recht. Und Fische können sehr wohl hören ...«

»Unsinn – in den Kuscheln muß er noch stecken, Rogge! Los, Plischi, such, du guter Hund! Los, Rogge, den Kerl zu fassen soll mir zehn Weihnachtsbäume wert sein. Los, Junge, faß deine Schwester an, wenn du ihn siehst, schreist du!«

Und los geht die Jagd, immer durch die Tannen, wo sie am dicksten stehen.

»Weihnachtsmann!« ruft Schwesterchen. Die Tannennadeln stechen, und der Schnee stäubt von den Zweigen in den Nacken.

»Also lassen wir es«, sagt nach einer Viertelstunde Förster Kniebusch mißmutig. »Weg ist er. Wie in den Boden versunken. – Du kannst doch die Tanne brauchen, fünfzig Pfennig zahlst du, und so hat das Forstamt wenigstens was von dem Gejachter.«

Aber wo ist die Tanne? Dies ist der Platz, denn hier steht der Stumpf – aber wo ist die Tanne?

»I du schwarzes Hasenklein!« sagt Förster Kniebusch verblüfft. »Der ist uns aber über, Rogge! Holt sich noch den Baum, während wir hier auf ihn jagen. Na, warte, Freundchen, wenn ich dir mal wieder begegne! Denn die Katze läßt das Mausen nicht, und einmal treffe ich sie alle ... Gib mir das Messer, Junge, damit ihr wenigstens nicht leer nach Hause geht. Ist der dir recht, Rogge? Schneidet sich elend schlecht mit 'nem Messer, das nächstemal bringst du besser 'ne Säge mit, Junge, weißt du, einen Fuchsschwanz ...«

»Kniebusch –!« schreit Herr Rogge förmlich. Aber auf diesen Streit der beiden brauchen wir uns nicht auch noch einzulassen, er ist schon alt und wird aller Wahrscheinlichkeit nach noch sehr viel älter werden.

Jedenfalls faßte Thomas auf dem Heimwege seine Meinung dahin zusammen: »Ich glaube, es war doch der Weihnachtsmann, Vater. Sonst hätt er doch nicht so verschwinden können, Vater! Wo der Hund mit war.«

»Möglich, möglich, Tom«, bestätigte Herr Rogge.

»Aber, Vater, klauen denn die Weihnachtsmänner Weihnachtsbäume?«

»Ach, Tom –!« stöhnte Herr Rogge aus tiefstem Herzensgrunde – und war sich gar nicht im klaren darüber, wie er diesen Wirrwarr in seines Sohnes Herzen entwirren sollte. Aber schließlich war in drei Tagen Weihnachten. Und vor einem strahlenden Tannenbaum und einem bunten Bescherungstisch werden alle Zweifel stumm und alle Kinderherzen gläubig.

Das Wunder des Tollatsch

Mindestens einmal im Jahre, zu irgendwelchen Ferien, wie es grade kam, wurde ich von Tante und Onkel Lorenz eingeladen. Das vergaß Tante nie, obwohl ich gar nicht mit ihnen verwandt war. Ich war nur so ein Waisenkind, das ihnen einmal irgendwie in den Weg gelaufen war und dann nicht wieder vergessen wurde. Tante Lorenz – Anna – liebte ich sehr, ich fand, sie war solch natürlicher, offener, grader Mensch. Es war bewundernswert, wie sie ihrem großen Gutshaushalt vorstand, die vielen Kinder erzog, stets tätig, stets in Eile und doch immer, hatte eines ein wirkliches Anliegen, mit aller Zeit und Teilnahme von der Welt.

Für Onkel Lorenz – Hans – waren meine Gefühle schwankender. Er wanderte meistens stumm mit reichlich mürrischen Falten im Gesicht umher und hatte, erzählte man etwas, eine sehr erschreckende Art, plötzlich dazwischenzurufen: »Döskopp!« Pause. Man brach ab, erstarrte. »Jawohl! Döskopp!« Pause. »Nimm den Löffel, Döskopp, mit der Gabel schaffst du die Erbsen nie!« Und sich an mich wendend: »Du erzähltest, Mimi? Verzeih, dieser Franz ist ein völliger Döskopp.« – Zu andern Zeiten war er, was er wohl lustig und aufgeräumt nannte. Dann neckte er jedermann, vor allem Tante Anna, bis aufs Blut, erzählte etwa, wie es hier auf Baumgarten nach seinem Tode aussehen und welche Art Mann sich Tante Anna aussuchen würde – »nach den Erfahrungen mit mir!«.

Kurz und gut, Onkel Hans war mir etwas zu unübersichtlich und verzwickt. Hatte er mir aber einmal weh getan und sah Tante Anna mich heulen, sagte sie bloß: »Du bist doch ein rechtes Schaf, Mimi, und es wird wirklich Zeit, daß du aus der Hühnerwirtschaft von Pension und Seminar herauskommst und ein paar Männer kennenlernst. Männer haben nun einmal alle einen Sparren, und einen harmloseren als meinen Hans, der jedes Gefühl sogar vor sich selbst verstecken möchte, wirst du so leicht nicht finden!«

»Aber was haben denn meine rosa Zopfschleifen mit Onkel Hansens Gefühlen zu tun?!« rief ich klagend.

»Er hat vollkommen recht«, sagte Tante Anna plötzlich ziemlich spitz. »Du bist wirklich in dem Alter, wo du dir dein Haar anständig frisieren könntest, Mimi, Schnecke oder Dutt oder meinethalben auch Bubikopf, statt mit solchen Hängern wie eine fallenstellende Tochter Evas herumzulaufen. – Und jetzt, bitte, wasche dir das Gesicht und gehe in die Küche und stengele Johannisbeeren ab. Achtzig Pfund hat der Gärtner hereingeschickt, und Mamsell hat keine Ahnung, wie sie die bis Abend bewältigen soll.«

So waren meine Nennverwandten, die Lorenzens, und wie ich Jahr für Jahr zu ihnen kam, verlor Onkel Hans auch für mich manchen von seinen Schrecken. Richtig nahe kam ich ihm aber erst am Weihnachtsabend, nein, in der Weihnachtsnacht 1927. Von da an nickte ich verständnisinnig mit dem Kopfe, wenn Tante Anna sagte: »Er ist eben ein Kauz. Laß ihn nur kauzen ... Es macht ihm Spaß, und uns tut es nichts.« Zu jener Zeit war ich schon wohlbestallte, fest angestellte Lehrerin, lehrte die Mädchen und wehrte den Knaben, und auffallende, schmetterlingshafte Zopfschleifen lagen weit dahinten.

Durch irgendeinen Zufall war ich in jener Weihnachtsnacht mit Lorenzens ganz allein. Keines von den Kindern hatte zum Fest nach Haus kommen können, kein Besuch außer mir war, scheint's, geladen worden. Und so saßen wir drei, ganz ungewohnt ruhig, unter dem brennenden Baum, erzählten uns sachte von verrauschten Festen, in denen dies große Zimmer laut gewesen war vom Jubel der Kinder, und waren schließlich ganz froh, als die Uhr auf Mitternacht ging. Tante Anna, immer die erste aus den Federn, war verschwunden, ich weiß nicht wie schnell. Onkel Hans schüttelte mir noch auf der großen, düsteren Diele die Hand, redete abgerissen vom Wetter und ließ mich nicht los.

»Gute Nacht, Onkel Hans«, sagte ich schließlich. »Schlaf gut und Dank für alles.«

»Ja, ja«, sagte er. »Schön. Ist in Ordnung. – Du kennst doch Tollatschen, Mimi?«

»Natürlich«, sagte ich sehr verblüfft; denn diese pommersch-mecklenburgische Schlachtespezialität war mir wohlbekannt. Aber was sollte das jetzt? »Es ist«, sagte er stockend und schien richtig ein bißchen verlegen, »es ist gewissermaßen noch eine kleine Überraschung für deine Tante Anna. Würde es dir etwas ausmachen, jetzt in die Küche zu gehen und uns Tollatschen zu braten? Recht fett?«

»Jetzt –?« fragte ich verblüfft.

»Jetzt«, sagte er. »Natürlich, wenn du zu müde bist …«

»Nein«, sagte ich, »deswegen nicht. Aber bist du überzeugt, Onkel Hans, daß es für Tante Anna eine angenehme Überraschung sein würde?«

»Für Änne –? Die angenehmste von der Welt! Gewissermaßen ein Genuß. Sie müssen direkt in Fett schwimmen, spare nicht das Fett, Mimi! Und …, sagen wir, um zwölf Uhr dreißig klopfst du bei uns – mit den Tollatschen. Es ist wirklich reizend von dir, Kind, daß du mir aus der Verlegenheit helfen willst.« Damit drückte er mir die Hände mit ganz ungewohnter Wärme und verschwand die Treppe hinauf.

Ich stand auf der Diele und starrte ihm nach. Hätte ich irgendeinen heimlichen Weg zu Tante Anna gewußt, ich hätte sie trotz aller »Überraschung« doch lieber erst einmal befragt. Aber die lag sicher schon todmüde in ihrem Bett. So ging ich, über die Schrulligkeit der Männer seufzend, in die Küche.

In der Küche roch es, trotz der späten Stunde, angenehm würzig, als sei eben erst frisch gebraten worden. Im Herd brannte ein Feuer. Ein alle Schrullen vorausahnender Jemand hatte einen großen Steintopf mit Blutwurst bereitgestellt, dazu süße Mandeln, Rosinen, Bratfett … Während ich die Blutwurst gut mit Rosinen und Mandeln durchknetete und die Klöße dann in die Pfanne legte, wurde mir immer rätselhafter und wunderlicher zumute. Tollatschen, das ist eben süße Blutwurst mit Rosinen und Mandeln gebraten, sind – sparsam genossen – ein recht schönes Schlachteessen. Aber sie sich in der Weihnachtsnacht eine halbe Stunde nach Mitternacht ins Schlafzimmer zu bestellen – das schien mir doch eine Schrulle über alle Schrullen. Und doch mußte es richtig sein, mußte es seine ganz natürliche Bewandtnis damit haben, denn wie sonst hätten hier auf dem Tisch der ordentlichen Gutsküche Wursttopf, Rosinen und Mandeln sich ein Stelldichein geben können –?

Aus der Diele unten gongte es tief und lang nachhallend halb, als ich mit meinem Tollatschentablett vor der Tür des Schlafzimmers stand. Ich wartete, bis auch der letzte Ton völlig verhallt war, dann klopfte ich zaghaft. Keine Antwort. Doch schien es drinnen hastig zu flüstern, verstohlen zu tuscheln, heimlich zu zischeln. Noch ein Klopfen, kräftiger schon – und die verschlafene Stimme des Onkels: »Wer ist denn da?«

»Ich!« rief ich. »Du weißt doch …«

»Was weiß ich? Daß jetzt Nacht ist und ich schlafen will!«

»Aber Onkel –!« rief ich, schon verzweifelt und den Tränen nahe. »Die Tollatschen, du weißt doch –!«

»Tollatschen!« schrie der Onkel wütend. »Jetzt Tollatschen –?«

Und Tantes Stimme: »Aber komm doch rein! Was sind denn das für Tollatschen?«

Mir ist wie zwischen Schlaf und Wachen, wie halb im Traume befangen. Gedankenlos stoße ich die Tür zum Schlafzimmer auf, im Schein einer kümmerlichen Nachttischlampe sehe ich den Onkel verstört im Bett sitzen, halb verschlafen, halb wütend. Die Tante aber hat den Kopf auf einen Arm gestützt und sieht mir blinzelnd entgegen. »Was in aller Welt zu dieser Stunde ...«, flüstert sie.

»Die Tollatschen ...«, antworte ich, ebenso flüsternd. Dichter und dichter wird das Geheimnis, verworrener. Ich hier mit meinem lächerlichen Tablett in Händen, bestimmt wache ich gleich auf, und Rieke ruft vor der Tür, daß der Krug mit warmem Wasser bereitsteht. »Zeigen Sie mal her«, sagt der Onkel, der richtige Onkel Hans Lorenz, und ganz unrichtig, aber wie es im Traum eben wieder ganz richtig ist, redet er mich mit Sie an. »Wahrhaftig Tollatschen! Was sagst du, Änne?«

»Dann wollen wir sie also essen, Hans«, sagt meine Tante plötzlich mit ganz heller Stimme. »Es ist wirklich furchtbar nett von dir ...«

»Natürlich ist es furchtbar liebenswürdig von Ihnen«, brummt der Onkel. (Wieder Sie!) »Sie sind doch nicht etwa fett –?«

»Aber du sagtest doch, Onkel!« flüstere ich verzweifelt den Spuk an. Und ich teile Teller und Messer und Gabeln aus. Und der Onkel sitzt, die Knie angezogen, den Teller vor sich, im Bett und brabbelt leise murrend vor sich hin, und die Tante stochert mit der Gabel.

»Nehmen Sie doch Platz«, sagt der Traumonkel verbindlich. »Wo Sie sich solche Mühe gegeben haben!«

Ich kämpfe mit den Tränen, aber gehorsam setze ich mich und starre vor mich hin. »Verdammt fett«, höre ich den Onkel halblaut sagen. »Kriegst du's runter, Änne?«

»Schlecht«, antwortet die Tante. »Aber Tollatschen sind so blutbildend!«

»Auch nach Mitternacht?« knurrt der Onkel. Und dann wieder nur noch das leise kratzende Geräusch von Messer und Gabel auf den Tellern. Vor den Fenstern geht, stark genug, der Weihnachtswind. Jetzt prasselt es, sicher treibt wieder Schnee.

»Ach nein, Hans, bitte, nein«, höre ich die Tante aufgeregt flüstern. Ich schaue hoch. Plötzlich ist es, als sei das Licht heller geworden – oder geht solch Schein von Tantes Gesicht aus? Wie Helle liegt es auf ihm – Lächeln und eine Spur Verlegenheit. Doch vor allem Lächeln, heiteres, fröhliches Lächeln. Sie starrt zum Onkel hinüber.

Der ißt jetzt, auch völlig verwandelt, mit fast genießerischem Eifer. Auch sein Gesicht scheint heller – freut er sich denn nun? »Solch ausgezeichnete Tollatschen«, sagt er eben. »Doch eine großartige Idee. Ich habe richtig wieder Hunger bekommen.« Er legt Messer und Gabel hin und lächelt erst Tante, dann mich an. Und nun – aber was ist das? – greift er mit den Händen auf den Teller, faßt mit den Händen einen Tollatsch, führt ihn zum Munde und fängt an, den Tollatsch abzunagen ...

Ich reibe mir die Augen. Ich starre. Ich wundere mich. Ich glaube und verstehe nichts – und außerdem will ich es nicht wahrhaben, es bleibt doch dabei: Der Tollatsch hat einen Knochen, den der Onkel zierlich zwischen Daumen und Zeigefinger hält. Der Knochen ist knusprig-bräunlich gebraten, nicht so schwärzlich, wie Tollatschen aussehen – und an dem Knochen hängt gutes, schön gebratenes Gänsefleisch!

»Sehr gute, ausgezeichnete Tollatschen«, murmelt der Onkel.

Ich hole tief Atem, nehme alle Kraft zusammen, wende den Blick von der unbegreiflichen Verwandlung ab und sehe auf die Tante. Tante Anna schneidet eben bedachtsam ein schönes Stück Gänsebrust. Keine Spur von Tollatschen, braves, herrliches Gänsefleisch. Bratäpfel sind auch auf dem Teller!

Nein, ich bin Lehrerin – und wenn auch nur bei Abecisten, um so sicherer ist der Grund, auf dem ich lehre. Zweimal zwei macht vier plus fünf gibt neun weniger neun gibt null, und Tollatschen sind kein Gänsebraten. Ich springe auf. In dieser Sekunde wußte ich wirklich nicht mehr, ob ich träumte oder wach war, und außerdem hatte ich damals grade meinen Kummer mit Kurtchen, den ich dann später auch geheiratet habe, und war mit den Nerven nicht ganz beisammen.

»Sehr gute, vorzügliche Tollatschen«, hörte ich den Onkel grade noch schmatzen. Jawohl, mein gebildeter, ekelhafter Onkel schmatzte gradezu. Die Tränen stürzten wie Bäche aus meinen Augen, ich lief zur Tür, rannte hindurch und schlug sie mit solcher Gewalt hinter mir zu, daß das Haus erdröhnte. Dann stand ich wieder auf der Diele; ganz wirklich, sehr müde, völlig zerschlagen und verzweifelt stand ich auf der Diele und schwor mir zu: Morgen mit dem ersten Zug fahre ich. Dieses lasse ich mir denn doch nicht bieten!

Und grade als ich das dachte, fing die große Uhr an zu schlagen, erst die vier helleren Schläge zur vollen Stunde und dann einmal tief und lange nachhaltend: eins!

Geisterstunde vorbei! dachte ich. Ich, eine geprüfte, angestellte Lehrerin, dachte in dieser Stunde an Gespenster, Spuk und dergleichen! Und alles wegen solcher dämlichen Tollatschen, die ich nie wieder anrühren würde. Dann ging ich ins Bett, und ich törichte Gans weinte mich richtig noch in Schlaf. –

Ich bin natürlich am nächsten Morgen nicht gefahren. Dazu habe ich viel zu gut geschlafen, ich habe sogar Riekes Warm-Wasser-Ruf überhört. Aber ein komisches Gefühl war es doch, ins Frühstückszimmer zu treten, und da saß der Onkel vor seinen Briefen und sah genau so trocken und wirklich wie sonst aus, und wenn es mir so vorkam, als werfe mir Tante Anna einen prüfenden Seitenblick zu, so kam es mir eben vielleicht nur so vor!

Aber guter Rat kommt über Nacht – ich tat das Vernünftigste, was ich nur tun konnte, ich packte den Stier bei den Hörnern, stellte mich vor den Onkel hin und fragte ganz unschuldig: »Wie wäre es mit ein paar Tollatschen, Onkel Hans?«

Und in demselben Augenblick warf der Onkel auch schon seinen Brief hin, fuhr hoch, starrte mich an und fing an zu lachen, zu lachen ... Und auch Tante Anna stimmte ein – und aus diesem Lachduo wurde sogleich ein Terzett, denn sofort zerstob auch der letzte Zweifel, der etwa aus der Nacht noch in mir genistet hatte, und ich wußte gleich, daß sie sich nur ihren Spaß mit mir gemacht hatten und daß ich nur den Esel abgegeben hatte, auf dem sie ihre Säcke zur Mühle geschafft hatten. »Die Mimi ist richtig«, rief der Onkel begeistert. »Die reist nicht ab wie die Mama!«

Die Mama – da war die Katze nun wirklich aus dem Sack. Und nun erfuhr ich, mit vielen Zwischenrufen, und keiner von den beiden Erzählern gönnte dem andern das Wort, nun erfuhr ich, daß es hier in Baumgarten vor dreiundzwanzig Jahren eine Mama gegeben hatte – natürlich Tante Annas Mama.

»Und sie war wirklich sehr gut und hilfreich, Mimi. Aber vielleicht war sie ein bißchen zu hilfreich. Und Hans hat sich auch nie überwinden können und hat sie nie anders als mit Sie angeredet. – Nein, Änne, sie war schon ein richtiger Drache, und daß sie ein sanfter Drache war, ändert nichts an ihrem Drachentum. Weißt du noch, wie du eine Woche Haferschleim essen mußtest, weil sie fand, du sähest blaß aus, und dir fehlte gar nichts?! – Ach Gott, ja, und wie sie zum Getreidehändler Dörnbrack fuhr, Hans, mit dem du eine Differenz um zweihundert Mark hattest. Und sie brachte ihm einfach das Geld – ›Damit mein Schwiegersohn sich nicht mehr so ärgert!‹ –, das Geld, das uns zukam, und sie sparte es dann wieder beim Essen ein! – Und weißt du noch …?«

Onkel und Tante verloren sich in Erinnerungen, und die Tollatschen wären wohl ganz vergessen worden, hätte ich nicht sanft daran erinnert. »Ja, richtig, die Tollatschen … Siehst du, man kann doch eine Mutter nicht so einfach aus dem Haus schicken, wenigstens meinte Hans das. Ich hätte es ihr schon sachte mit der Zeit beigebracht ...«

»Denkst du! Nie wäre sie gegangen ohne mich!«

»Siehst du, Mimi, so sind eben die Männer. Er hat es viel schlimmer gemacht und sie zu Tode gekränkt, bloß weil er es ihr nicht direkt sagen mochte.«

»Erlaube mal, Änne ...«

»Die Tollatschen!« mahnte ich.

»Also vor Weihnachten wird doch immer so viel geschlachtet – und wo soll man mit all dem Blut hin? So gab es denn Abend für Abend Tollatschen, und so gerne wir sie dann und wann aßen, wir hatten sie recht über. Und ich erkundigte mich bei Mama so leise, was es wohl am Weihnachtsabend geben würde ...«

»Aber doch Tollatschen, Kind. Es sind doch noch so viele da, und sie sind doch sooo blutbildend«, äffte Onkel mit hoher, piepsender Stimme nach.

»Und da schworen es sich Onkel und ich, daß wir nicht nur Tollatschen zum Weihnachtsabend haben würden. Und als Mama zu Besorgungen in der Stadt war – sie erledigte ihre Besorgungen immer erst im letzten Augenblick –, machte ich uns eine hübsche Gans fertig, und die wollten wir allein für uns essen. Und am Abend rührten wir wirklich die Tollatschen kaum an, und wie dann alles vorbei war und es war still im Haus und jeder in seinem Zimmer, machte ich ihm eine Keule und mir ein Stück Brust warm, und mit unseren Gänsebraten stiegen wir ins Bett und wollten uns recht gütlich tun. Da klopfte es ...«

»Zwölf Uhr dreißig, Änne«, rief der Onkel mit Grabesstimme, »und kaum haben wir die Teller unterm Bett, ist die Mama auch schon im Zimmer und sagt: ›Ich bring euch was zu essen, Kinder. Ihr müßt ja halb verhungert sein. Ich habe wohl gesehen, ihr habt vor Vorfreude nichts gegessen von den Tollatschen, und da habe ich sie euch noch einmal warm gemacht – mit leerem Magen läßt es sich nicht schlafen!‹ Und schon hatten wir die Teller in der Hand, und das verfluchte Zeugs …«

»Ja, du hättest Onkel Hansens Gesicht sehen müssen, Mimi! Und Mama richtete es sich auch ganz gemütlich ein und fing an, das Fest und alle Geschenke und alle Briefe durchzusprechen, und dazwischen ermunterte sie uns immer wieder, doch auch ordentlich zu essen … Da plötzlich fühlte sie es förmlich, wie es bei Onkel riß. Plötzlich war es bei ihm alle, und eins, zwei, drei, als Mama grade nicht hinguckte, hatte er die Teller vertauscht, meinen wie seinen, und nun aßen wir Gänsebraten, statt in Tollatschen zu stochern …«

»Jawohl, nach dem ersten Schreck aß deine Tante wacker mit, und so muß eine Frau auch sein, Mimi, mit dem Mann durch dick und dünn. Es war großartig. Und dann das Gesicht von Mama – sie glaubte einfach ihren Augen nicht …« Der Onkel freute sich noch, wie vor dreiundzwanzig Jahren.

»Eigentlich tut mir die alte Frau noch heute leid«, sagte die Tante ganz nachdenklich. »Sie hat – ganz anders als du, Mimi – gleich begriffen. Wir waren für sie immer wohl Kinder, und dies war eine richtige, sehr böse Kinderungezogenheit, für die wir doch wohl selbst ihr zu alt waren. Am nächsten Morgen war sie natürlich fort.

Aber gottlob habe ich es noch erlebt, daß sie uns verziehen hat, sogar gelacht hat sie darüber, und das ist nur gut, sonst möchte ich diese Erinnerungsfeiern gar nicht, Hans!«

»Und so habt ihr denn –?« fragte ich atemlos.

»Jawohl«, sagte die Tante. »Das läßt sich dein Onkel nicht nehmen. Jedes Weihnachtsfest seitdem haben wir das Wunder des Tollatsch gefeiert, er nennt es seine Befreiungsfeier.«

»Und wer da alles schon an deiner Stelle gesessen hat, Mimi!« schwelgte der Onkel. »Manche haben richtig gekreischt und an Gespenster geglaubt.«

»Männer sind eben Kinder«, sagte Tante Anna. »Sie können das Spielen nicht lassen.«

Ich nickte ernst. Ich dachte an Kurtchen, der mir auch Kummer machte – aber schließlich habe ich ihn doch geheiratet, trotz aller Erfahrungen von Tante Anna mit Mamas, Tollatschen und Onkels.

Baberbeinchen-Mutti

Als es in den Winter des Jahres 1945 hineinging, war Muttis »Große« grade sechs Jahre geworden. »Sechs«, antwortete die Große, wenn die Leute sie nach ihrem Alter fragten. »Sechs was?« rief dann die Mutti warnend. »Etwa sechs Kartoffeln?« – Dann kam das »Jahre«, immer noch sehr zögernd.

Leicht lernt sie nicht, sagte sich Frau Irmler manchmal, aber im übrigen hätte sie nicht gewußt, was sie ohne die Große hätte anfangen sollen, solch eine Hilfe war sie, das ein und alles einer völlig alleinstehenden Frau, der durch den Krieg das meiste genommen war: Verwandte, Hab und Gut, und von dem Mann hatte sie auch seit anderthalb Jahren nichts mehr gehört. Da war solch ein warmes, verstehendes Kinderherz alles Glück und aller Halt.

Die Mutti und ihre Große, sie lebten zusammen, sie arbeiteten zusammen, sie froren zusammen, und manchmal hungerten sie auch zusammen. Ganz allein hausten die beiden in einer riesigen Ruine, die einmal ein fünfstöckiges Mietshaus gewesen war, mit zwei Hinterhöfen, in all dem lebte jetzt niemand als sie. Im Hinterhof, im Souterrain, hatten sie ein Zimmer noch ziemlich heil gefunden, mit einer kleinen Küche, das war ihr Lebensraum, die letzte Zuflucht, auf die sich die viermal Ausgebombten zurückgezogen hatten, mit den spärlichen Resten der eigenen Habe, mit dem halb Zerstörten, das sich dazu gefunden hatte. Die Insel zweier Herzen, die nur noch füreinander lebten.

Als der Herbst immer ersichtlicher zum Winter wurde, als die Dunkelheit immer früher einfiel, als der Wind gegen Abend wilder und wilder tobte und die unheimlichen Geräusche der riesigen Ruine mit Türenschlagen, Knarren, Schuttgeriesel, kreischendem Blech sich verhundertfachten – da war das kleine Zimmer mit ein wenig Licht und ein wenig Wärme, mit der Sechsjährigen und der Achtundzwanzigjährigen eine Zelle des Glaubens und der Geduld, des Hoffens und der Liebe.

Es fielen nun schon lange keine Bomben mehr, und doch verdunkelten die beiden weiter, sie wollten nicht, daß ein nach außen dringender Lichtstrahl Fremde lockte, nur beieinander wollten sie sein. Und das waren sie auch: Die Mutter nähte für einen Schneider in der Berliner Straße, und die Große schälte währenddes langsam, langsam Kartoffeln für den nächsten Tag oder wusch ab oder fegte vor dem Eisenöfchen oder machte einfach ein neues Puppenröckchen, halb genäht und halb gesteckt, wie sie's eben konnte.

Wenn es ganz kalt wurde, krochen die beiden ins Bett, und an einem Abend, da die Füße der Großen gar nicht wieder warm werden wollten, erzählte die Mutti von ihrem Daheim und von ihrer Mutter und von ihren eigenen kalten Füßen, damals, als sie noch Kind gewesen war. Die Mutti war noch groß geworden auf dem Lande, wo es Kühe und Hühner, Wälder und Felder gibt, und an einem Wintertag war sie mit dem Vater im Wald gewesen, um Holz zu holen. Als sie am Abend nach Haus gekommen war, hatten die Füße gar nicht wieder warm werden wollen, und es hatte gebrannt in ihnen und gezwickt und gerissen. Die Mutti hatte als Kind nicht leicht geweint, so wie auch ihre Große jetzt nicht leicht weinte, aber an diesem Tage hatten die Schmerzen ihr das Wasser in die Augen getrieben, so unerträglich waren sie.

Da hatte ihre Mutter gefragt: »Was ist denn mit deinen Füßen, Tochter, wollen dann die Baberbeinchen gar nicht warm werden?« Und als die Tochter darauf noch immer nicht lächeln konnte, hatte die Mutter vorne das Kleid geöffnet und hatte sich die eiskalten Füße auf den bloßen warmen Leib gesetzt. So hatten sie sich gegenüber gesessen, Mutter und Tochter, und keine fünf Minuten, da waren die Baberbeinchen warm und die Schmerzen vergangen.

So war das damals gewesen, so hatte es die Mutti erzählt, und »Baberbeinchen« hatte die Große wiederholt, »Baberbeinchen« mit der Liebe, die alle Kinder für solche zärtlich-liebevollen Benennungen haben. Es war ein Erlebnis von vielen Erlebnissen, das die Mutti erzählt hatte, es gab viel Zeit zum Erzählen in diesen Wintertagen 1945, weil sie es oft nicht warm hatten und darum früh ins Bett gingen. Diese Geschichte aber hatte gehaftet von vielen, sie war leichter behalten worden von der Großen als die »Jahre«, die man unbedingt außer der

»Sechs« angeben mußte, sonst dachten ja die Leute, man war sechs Kartoffeln alt.

Also mit dem Herzen gehört und im Herzen behalten, und dann kam der große Schneefall, und wie alle Kinder freute sich die Große über den Schnee und spielte mit ihm und begleitete an diesem Tage die Mutti nicht auf ihren Einkäufen. Aber dann, als die Mutti zurückkam, und der Schnee wurde schon – wie immer in Berlin – zu Matsch, dann ging die Mutti schnell und ein bißchen blaß an den kleinen Eisenofen, legte noch etwas auf (sie hatte sich grade am Abend zuvor eine Art Briketts aus nassem Zeitungspapier zurechtgemacht), und als der Ofen ein wenig Wärme ausstrahlte, zog sie Schuh und Strümpfe aus und hielt die Füße gegen den Ofen.

»Frieren dir die Füße, Mutti?« fragte die Große. Die Mutter lächelte nur. »Die Baberbeinchen …«, sagte die Große gedankenvoll. Und dann nicht ohne Vorwurf: »Aber du hättest dir auch deine Lederschuhe anziehen müssen, Mutti, bei solchem Schnee!«

»Große!« antwortete die Mutti nur vorwurfsvoll.

»Na ja«, sagte die Große überlegen. »Solches Wetter und dann deine Sommerschuhe, nur eine dünne Sohle und ein paar Bändchen über den Fuß.«

»Große!« wiederholte die Mutti mit mehr Nachdruck.

»Na ja …«, wollte die Große wieder anfangen. Aber dann fiel ihr ein, daß ja Muttis einzige Lederschuhe schon manche Woche beim Schuster waren und daß die Mutti nur noch diese leichten Sommerschuhe besaß, die vor nichts schützten. Mit den dünnen Strümpfen lief die Mutti durch den eisigen und immer matschiger werdenden Schnee.

»Ach, meine arme Baberbeinchen-Mutti!« rief die Große und drückte den Kopf fest gegen die Mutter. Dann drohend: »Morgen gehen wir aber zum Schuster!«

Die Mutti blickte zweifelnd, als verspräche sie sich nicht viel von dem Weg, aber die Große erinnerte: »Er hat es dir doch fest versprochen, und du hast ihm Mehl und Zucker dafür gegeben!« (Sie hatte es nicht vergessen, daß sie sich dieses Mehl und den Zucker sauer genug abgespart hatten.)

Aber die Mutti behielt mit ihrem Zweifel recht: Der Schuster war besten Willens und voll Bedauern, aber er hatte eben kein Schnitzelchen Leder. »Ich würde sie Ihnen ja gleich machen, Frau Irmler, man hält auch gerne sein Wort, aber wo ich doch kein bißchen Leder bekomme, nun schon ein Jahr nicht! Bringen Sie mir doch ein Stückchen Leder, einen Gürtel oder am besten ein Soldatenkoppel – ich mache Ihnen sofort Sohlen daraus!«

Die Große hatte mit weit offenen dunklen Augen den Meister bei seinen Beteuerungen angesehen, und am liebsten hätte sie dem Schuster wohl bedeutet, das hätte er der Mutti sagen müssen, ehe er Mehl und Zucker nahm.

Aber sie hatte geschwiegen, vielleicht in der Hoffnung, daß die Mutti doch zu Haus noch ein Stück Leder fand. »Aber wo soll denn etwas sein, Große?« hatte die Mutti auf deren Drängen zu Haus gefragt. »Du weißt doch, wir haben gar nichts. Und ein Lederkoppel – ach, du lieber

Gott, wo sollen wir das denn hernehmen? Das schenkt uns keiner, und der Papa ist auch schon so lange fort.«

Die letzten Worte schlossen der Großen den Mund, und schweigend sah sie zu, wie die Mutti die dünnen Strümpfe zum Trocknen aufhing. Sie schwieg überhaupt viel diese Tage, drei, dann nur noch zwei Wochen vor dem Weihnachtsfest – obwohl die Mutti in dieser Zeit immer mehr zu einer Baberbeinchen-Mutti wurde. Denn es kam noch mehr Schnee und stärkerer Frost, und dann eines Tages kam ganz plötzlich Tauwetter – und alles wurde zu Glatteis und Matsch.

Die Große ging neben der Mutter und sah die braunen Strümpfe schon nach wenigen Minuten schwarz werden vor Nässe, und die schwarzen Flecke breiteten sich aus über den Fuß, und es war so kalt, und die Wege waren so lang, und oft gab es keine Feuerung im Haus. Die Mutter fühlte die Blicke des Kindes stets auf ihren Füßen, es tat ihr fast leid, daß sie der Großen die Geschichte von den Baberbeinchen erzählt hatte. Sie begriff, daß sich das Kind mit all der Ausschließlichkeit, die Kinder besitzen, auf die Sache gestürzt hatte, daß sie aus der überlegenen Mutti ganz zu einer bemitleidenswürdigen Baberbeinchen-Mutti geworden war.

Das Kind redete kaum, aber sein Blick war so dunkel vom Grübeln geworden. Nicht nur über den ungetreuen Schuster grübelte es, sondern es sah auch immer den andern Leuten auf die Füße, und kam ein schöner, heiler, fast neuer Schuh gegangen, so warf es einen forschenden Blick auf das Gesicht der Trägerin. Da aber kein Gesicht ihm so schön und gut wie das der Mutti erschien, so war es kein Wunder, daß es nicht nur mit der Trägerin des Schuhs, sondern mit der ganzen Welt haderte, die schlecht eingerichtet war, weil solch eine Mutti immer eiskalte, nasse Füße hatte, und andere, die wie nichts aussahen, hatten viel.

Ja, wieso hatten sie überhaupt so wenig? Die Mutti tat nie einem was und arbeitete immer, und die andern, die gingen spazieren, und ihnen wurde noch und noch gegeben. Zu früh, viel zu früh, dachte die Mutti und konnte doch nichts ändern.

Ach, wie gerne hätte sie es jetzt vermieden, hinauszugehen auf die Straße, schon wenn sie nur zu den Schuhen griff, lag der stille, nichts mehr fragende Blick ihres Kindes auf ihr. Aber sie mußte ja hinaus, Arbeit fortbringen, Lebensmittel einholen, immer wieder Baberbeinchen-Mutti werden, jeden Tag zweimal.

Wie schrecklich, dachte die Mutti, wenn ein Kind aufwächst und weiß schon, es ist weniger als die andern. So denkt es sich doch meine Große zurecht. Ich habe gewußt, es gab größere Bauern als den Vater im Dorf, aber darum waren wir nicht weniger. – Sie denkt, wir sind weniger!

So gingen die Tage. Gottlob, es waren auch Tage darunter, da die Füße trocken blieben, Tage mit einem leichten Frost. Und unter ihnen war der Tag – er neigte sich schon in den Abend –, da es sachte gegen ihre Tür klopfte, gegen die Tür im Hinterhof der völlig verlassenen Ruine – das war der Tag vor Weihnachten. Im Dämmern stand da ein Mann, und da ihr Herz stark zu klopfen anfing, immer stärker, und es sie würgte in der

Kehle, fragte der Mann: » Ist das hier richtig bei Frau Irmler?«

Sie konnte nicht sprechen, sondern eine Hand auf dem Herzen, eine als Stütze am Türrahmen, nahe dem Umsinken, verharrte sie schweigend.

Leise fragte er: »Bist du das, Trude? Ich bin wieder da ...«

Lange sah die Große auf den Mann mit dem blassen, unrasierten Gesicht, mit den riesengroßen Augen. Sie wußte, es war der lang ersehnte Vater, der heimgekehrte, sie hatte zu ihm »Papa« zu sagen, er war der Held von Hunderten von Muttis Geschichten. Aber sie erinnerte sich kaum noch, anderthalb Jahre, die er fortgewesen war, bedeuteten ein Viertel ihres ganzen Lebens. Dann gingen ihre Augen zu seinen Schuhen, er hatte noch ganz erträgliche Stiefel, sie wußte sogar, daß die Soldaten so was Knobelbecher nennen. Worauf ihr Blick den Kleiderhaken streifte, wo der etwas lumpige Mantel hing und die Mütze. Baberbeinchen-Mutti ..., dachte sie wieder einmal.

Eine Viertelstunde später erst merkte die Mutter, daß ihre Große verschwunden war aus der Küche, vom Hof. Draußen war es doch schon ganz dunkel. Sie war sehr in Unruhe, so etwas hatte ihre Große doch noch nie getan! Überhaupt war das Kind in letzter Zeit so verändert, man konnte nicht genug auf es achten. Wohin sollte es überhaupt gegangen sein? Hier im Haus wohnte niemand, und sie hatten doch nichts mehr an Freunden und Verwandten! Suchen ja, aber wo? Trotzdem mußte man sie suchen, bei den Kaufleuten, auf einer Stelle, wo sie heute früh noch Holz gefunden hatten – überall.

Die Eltern zogen sich an. Er stand zweifelnd vor dem Kleiderhaken.

»Nun, wo fehlt es noch? Wir wollen schnell los. Ich bin so unruhig!«

»Ich dachte doch, ich hätte meinen Koppelriemen hierher gehängt«, meinte er zweifelnd.

»Koppelriemen?« überlegte sie. »Was war doch mit einem Koppelriemen?« Dann fiel es ihr ein. »Ich glaube, ich weiß jetzt, wo die Große ist«, sagte sie, plötzlich ganz ruhig geworden, zu ihrem Mann. »Ich will sie dir zeigen …«

Es paßte gut, daß man von der Straße in die Schusterwerkstatt hineinsehen konnte, und da stand die Große wirklich und sah mit ernsten Augen auf die arbeitenden Meisterhände hinab.

»Ich glaube, wir warten besser nicht«, meinte die Mutter. »Sie wird nicht fortgehen, ehe die Arbeit fertig ist.«

Sie verstand ihre Große. Sie hatte geschwiegen damals, aber sie war nicht gesonnen, noch einmal diesem treulosen Manne zu vertrauen. Mehl und Zucker waren dahin, aber der Koppelriemen sollte nicht auch dahingehen. Sie blieb, bis die Sohle fertig, bis das letzte Stück verarbeitet war.

Die Eltern saßen längst wieder in der Stube, spät erst hörten sie die Tochter in der Küche rascheln. »Wir tun am besten, als hätten wir ihr Fortsein gar nicht gemerkt«, flüsterte die Mutter eilig.

Gewiß, sie taten viel Unpädagogisches in diesen Tagen. Der Vater tat, als habe er nie ein Lederkoppel besessen, es wurden auch keine Einwendungen dagegen erhoben, daß die sechsjährige Tochter aus eigenem Ermessen über einen dem Vater gehörigen Gegenstand verfügt hatte, als die frisch besohlten Schuhe als größte Weihnachtsüberraschung erschienen waren. Gewiß, pädagogisch war vieles einzuwenden.

Und doch, es war alles gut, wie es gekommen war. Jetzt konnte die Mutti sich von ihrer Großen gut anfassen und »Baberbeinchen-Mutti« nennen lassen, es gab kein krankhaftes Mitleid mehr dabei und kein Gefühl, als seien sie weniger als andere. Die Welt war wieder heil geworden durch einen Militärkoppelriemen, der friedlichen Zwecken zugeführt worden war.

»Wie alt bist du eigentlich, meine Große?« fragte der Vater.

»Sechs!« antwortete das Kind.

»Sechs was –?« rief die Mutter mahnend. »Sechs paar Schuhe wohl?«

»Sechs Jahre, Baberbeinchen-Mutti!« antwortete nun die Große zögernd. Es blieb dabei, dieses Kind verstand und lernte ungemein schwer.

Weihnachten der Pechvögel

Ich möcht wirklich gern mal wissen, wie das bei andern Leuten mit ihren Festtagen und besonders mit Weihnachten ist, ob da alles wirklich immer klappt? Natürlich tun wir stets so, als sei auch bei uns alles in Ordnung, aber ich hab noch kein Weihnachtsfest erlebt, wo's glatt ging bei uns. Daß eines von uns zum Fest todsterbenskrank wird, das ist noch 'ne Kleinigkeit, aber was meint ihr zu 'nem Heiligen Abend, wo 'ne halbe Stunde vor der Bescherung uns Einbrecher alle Geschenke einschließlich Baum und Festbraten klauten? Oder ein Fest mit Stubenbrand, Feuerwehr und Wasserschaden? Oder ein bunter Teller, auf den ein von uns nie entdeckter Witzbold zwischen die Süßigkeiten Laxinkonfekt geschmuggelt hatte, und wir mußten die ganzen Festtage laufen, laufen, laufen –?!!

Das kommt natürlich alles daher, daß wir »Pech« heißen; wer Pech heißt, muß Pech haben, sagt Vater immer. Vater hat noch 'ne ganze Menge solcher verschrobenen Redensarten, zum Beispiel sagt er oft, auch wenn alle Leute dabei sind, ganz laut: »Auf mir trampeln se alle egalweg rum!« oder: »Ich bin ja nur ein Wurm!« oder wenn ihm wer die Hand geben will: »Achtung! Wer Pech anfaßt, besudelt sich!«

Ihr macht euch aber ein ganz falsches Bild von Vatern, wenn ihr euch einbildet, Vater ist ein solch demütiger, schleichender Waschlappen; im Gegenteil, Vater ist ein Mann, auf den jeder Junge stolz sein kann, und das bin ich auch! Vater hat sich bloß daran gewöhnt, an das Pech, das uns zustößt und das jeden andern längst zum Selbstmord getrieben hätte, einfach komisch zu nehmen. Ja, manchmal denke ich, Vater mag es gar nicht, wenn irgendwas bei uns so glatt geht wie bei andern Leuten. Da wird er ganz unruhig! Wenn Vater sich morgens rasiert, singt er immer ein selbstgedichtetes und selbstkomponiertes Lied, in dem so 'ne Zeilen vorkommen: »Dem Schicksal meine zottige Brust!« und »Gelobt seist du Pech, du machst mich nur frech! Ich winsele nie, werde kein demütiges Vieh!«

Ich selbst heiße Peter Pech, gehe in die Obertertia und bin wirklich gespannt darauf, ob ich dieses Mal versetzt werde. Voriges Mal bin ich klebengeblieben, aber das lag wirklich weder an meinen Geistesgaben noch an meinem Fleiß, sondern allein an meinem Pech – aber das ist eine ganz andere Geschichte, wie Kipling sagt. Diese Geschichte aber, wie's vorige Weihnachten 1945 bei uns zuging, erzähle ich, der Obertertianer Peter Pech, nur darum, um sie an eine Zeitung zu verkaufen. Ich brauche nämlich Geld, nicht nur so dringend wie immer, sondern diesmal extraextra dringend, weil ich nämlich all meine für Geschenke gesparten Piepen an Vater abgeliefert habe. Davon und von sonstigen milden Gaben der Familie hat er die Gebühren für einen neuen Gasanschluß bezahlt – wir haben nämlich endlich Gas in unsere Hausruine gekriegt, was ja an sich erfreulich ist, aber warum wird so was grade vierzehn Tage vor dem Fest kassiert –?! Aber natürlich: Pech der Pechvögel!

Schon lange vorm Fest bestimmt Vater immer, wer was zu besorgen hat, auf mich fiel 1945 der Tannenbaum mit seinen grünen Blättern. Wir hatten uns natürlich lange überlegt, ob wir überhaupt Weihnachten feiern sollten. Der Zusammenbruch lag uns noch schwer in den Gliedern, und in unserer trauten Ruine fehlte es uns auf vielen Gebieten noch an dem Nötigsten. Aber dann haben wir an unsere Zwillinge gedacht, an Palma und Petta, wie wir unsere beiden sechsjährigen Pechösen, meine Schwestern, nennen – die ohne Weihnachtsmann und Lichterbaum zu lassen, wäre zu gemein gewesen!

Ich sollte also einen Baum besorgen. In den Zeitungen stand nun freilich zu lesen, daß es Bäume zu kaufen geben würde ..., zwar nicht für alle ..., aber bestimmt für kinderreiche Familien ..., und zu sechs Geschwistern sind wir ziemlich kinderreich. Aber so ein glatter Weg kommt für Pechens nie in Frage: sich auf so etwas zu verlassen, wäre eine Herausforderung des Himmels gewesen!

Viele fuhren ja auch einfach mit der Bahn und organisierten sich ’ne Tanne: bei so was aber wäre ein Pech stets reingefallen. Dasselbe war gegen eine bildschöne Blautanne zu sagen, die hinter einer ausgebombten Villa ziemlich in unserer Nähe stand – mein Herr Bruder, der Quartaner Paul Pech, hatte mich auf dies Bäumchen aufmerksam gemacht. (Übrigens: Vater hat uns Kindern allen Vornamen mit »P« gegeben, er meint, wir machen die Leute am besten gleich auf unser Pe-Pech aufmerksam!)

»Nee, Paule«, habe ich zu meiner brüderlichen Liebe gesagt. »Nich in die Lamäng! Wenn ick – un ick will die Blautanne holen, denn isse bestimmt schon wech, un außerdem schnappen die mir, un immer feste rin ins Loch – nee, is nich! Un drittens, un übahaupt: wat heeßt hier Blautanne?! Sind wa Pechs etwa blaublütich –?! Wie kommen wa zu sowat feenet?! Fichte, sa' ick dir, schlichte Fichte, aus die se dermaleinstens unser schlichtet Jrabjehäuse zimmern wern; Fichte is Pechens ihre Parole!«

Auf dem Pennal haben wir in unserer Klasse einen bärtigen Knaben gehabt, dessen Vetter, von dem der Vatersbruder, also so was wie 'n Stiefonkel, der ist Förster bei Falkensee in der Drehe. Mit dem Knaben bin ich schnell handelseins geworden; er lieferte mir 'ne Fichte von 3 m 20, und ich lieferte ihm ein halbes Jahr lang alle deutschen Aufsätze, im vorbildlichen Pechstil. Als Liefertermin – denn ich bin ein Pech, das heißt ein vorsichtig-mißtrauischer Mensch – war der 1. Dezember vorgesehen. Aber bereits um den 7. herum begriff ich, daß mein Knabe hinreichend langsamen Geistes war, um mir bestenfalls zum 1. Dezember 1946 besagte Fichte zu liefern – seine Gangschaltung war nicht in Ordnung, für diese Zeiten kam der Frühbebartete zu langsam auf Touren.

Mußte ich also 'nen andern Lieferanten finden, und

allmählich, das heißt so am 8. Dezember, wurde es ja auch an der Zeit. Zu meinen Ämtern gehörte es auch, Bier aus unserer Eckkneipe zu holen, wenn Pechens sich gerade mal Bier spendierten. So 'ne Eckkneipe ist heutzutage ein komischer Ort – aber welchem Berliner muß ich das erst noch weitläufig deklarieren?! Kurz, durch die Eckkneipe ergab sich die Möglichkeit, einen Tannenbaum zu erwerben.

Unsere Wirtin Qualle (von wegen ihrer Wabbligkeit so getauft) machte mich mit einem biederen Greis bekannt, einem Alten, Besitzer sowohl eines graugelbweißen Schnauzbartes als auch eines Dauer-Nasen-Tropfens, der immer zu drippen drohte und doch nie fiel. Der Alte besaß, wie Qualle gehört haben wollte, in Buchholz ein Baugrundstück, auf dem er …, aber lassen wir den ehrlichen Alten selber sprechen!

»Weeßte, junger Mann«, sprach der Greis und funkelte diamanten unter der Nase, »weeßte, ick ha' da noch an de Stücker een Dutzend Christbäume stehen. Ick broochte dir nicht, aba ick ha't int Kreuze, ick kann mir nicht bücken. Daderdrum, vastehste?! Du machst Stücker viere ab und schleppst se bei Muttan, und daderfor sollste eenen von die viere kriejen, ohne Spesen!«

»Ick wer meenen Bruder Paule mitnehmen!« sagte ich.

»Nischt!« antwortete der weißgelbgraue Schnauz. »Nischt wie Beil un Büjelsäje. Nee, Säje, kannste ooch sparen, Beil jenügt. Un knöpp et dir untan Überzieha, sonst latschen uns jleich sechse nach, un ick bin meene Bäume los!«

»Ick wert Beil in 'ne Aktentasche tun«, schlug ich vor. »Aber Paule könnte trajen helfen!«

»Nischt!« sprach der trutzige Greis von altem Schrot und Korn. »Nur wa zwee beede. Sonst nischt. Um sechse früh uff en Sonntag bei die Pankower Kirche!«

»Um sechse is doch noch dunkel!«

»Nischt! Eh wa raus sind, ist helle!«

Am Sonntag hat mich der Biedere versetzt und sich am Dienstag, als ich ihn glücklich in der Eckkneipe erwischte, mit Reißmatüchtich entschuldigt. Er konnte erst wieder am kommenden Sonntag – und das war verdammt knapp von wegen direkt drohendem Fest. Zu Haus haben mich sämtliche Pechvögel schon verastet, Paulus verstärkte, wie er sagte, seine Pupille auf die Blautanne, Mutter jammerte ein bißchen wegen der Festfreude von Palma und Petta, und Vater sagte: »Auf uns trampeln se eben alle rum!«

Aber am Sonntag, der kam, fuhren wir wirklich mit der 49 nach Buchholz raus, der Schnauz hatte mich nicht versetzt diesmal. Nasentröpfchen rauchte aus einer halblangen Porzellanpiepe, auf deren Kopf Seine Majestät der Kaiser noch in Kürassieruniform residierte, gewaltige Wolken stinkenden Eigenbaus blasend, als wir, es wurde grade dämmrig, durch Buchholzens Kleingärten marschierten. Erst kam Kolonie Ertragreich, ihr folgte Kolonie Parkheim. Dann gingen wir um viele Ecken, ich war ganz verbiestert.

Schließlich hielt der rüstig fürbaß Schreitende inne. Es war ein mächtig feines Grundstück, groß, mit alten Bäumen und viel Gebüsch und einem durablen

Drahtzaun rum. Ich fragte: »Und *das* Grundstück gehört Ihnen. Das muß ja ein paar Hunderttausend wert sein!«

»Nischt!« antwortete er wieder einmal. »Meenem Sohn seine Frau. Aba ick ha' de Vawaltung!«

Er kramte in seinen Taschen nach dem Schlüssel und rauchte dabei wie eine Enttrümmerungslokomotive. Er kramte ziemlich länglich.

»Na –?« fragte ich schließlich.

»Nischt!« antwortete er und gab's auf. Er nannte mich und mein Schicksal beim Namen, ohne es zu wissen. »Pech!« nannte er's. »Ich ha' den Schlüssel noch uffen Tisch jepackt. Un nu doch vajessen! Hilft nischt! Müssen wa noch mal raus! Nächsten Freitag kann ick!«

Ich war maßlos enttäuscht. »Freitag is ville zu spät! Können wa nich jleich heut noch ma?!«

»Nischt! Vaabredung!«

»Aber ich muß endlich einen Baum kriegen! Ich hab mich fest auf Sie verlassen!« (Vor Verzweiflung sprach ich richtig Deutsch!)

»Un ick valaß dir nich! Freitag. Pankower Kirche. Sechse!«

»Das ist zu spät!« rief ich wieder. Ich dachte an die Zwillinge Petta und Palma, auch an den Flachs von Paul, Pamela, Petra und Vater. »Ach was!« rief ich. »Helfen Sie mir rüber! Ich schaff es schon!«

»Wenn de meenst du schaffst det!«

Ich kletterte schon am Zaun hoch, mit einem Fuß stand ich auf der Klinke. Es ging – ich kam ganz glatt auf die Erde.

»Reichen Sie mir mal die Aktentasche rüber! – Wo stehen die Bäume denn?«

»Imma de Neese lang, Hauptwech runter! Denn rechts ab, bis de det Glasdach vont Jewächshaus sehen tust. Denn links – da stehn se. Nimm de vier besten; ick wart denn hier!«

Ich gehe los; einmal habe ich mich auch verbiestert, aber dann habe ich doch hingefunden – es wurde jetzt langsam hell. Die vier besten habe ich nicht nehmen können, die waren für die Elektrische viel zu groß; ich habe die vier kleinsten genommen, die waren auch noch schön genug. Überhaupt war's eigentlich schade darum, sie waren wie 'ne richtige Mauer um eine Bank rum gepflanzt, hoffentlich war die Schwiegertochter von dem Alten wirklich mit dem Abhauen einverstanden. Aber das war nicht meine Sache.

Also, ich hab sie abgehauen und bin grade dabei, die Zweige mit Bindfaden, den ich mir eingesteckt hatte, ein bißchen zusammenzubinden, da krieg ich einen Schlag ins Genick, daß mir schwarz vor den Augen wird und ich glatt auf meine Fichten fliege. Ich rappel mich gleich wieder, stehe auf, da kriege ich einen Schwinger, daß ich wieder zur Erde muß – sie hätten mich auszählen können. Schließlich war ich soweit, daß ich die beiden Kerle wütend anschreien konnte: »Laßt das mal gefälligst! Ich hab Erlaubnis!«

»So!« sagte einer in einer grünen Joppe. »Erlaubnis –? Von wem haste denn die Erlaubnis, Sehnchen?«

»Von dem –« Fällt mir doch ein, daß ich von dem

Alten nicht mal den Namen weiß. »Na – von dem Schwiegervater der Besitzerin doch!«

»Ach nee?« grinst nun der andere in braunen Manchesterhosen. »Schwiegervater von der Besitzerin – gibt's so was auch? Wer ist denn das?«

»Namen weiß ich keinen«, sag ich immer noch wütend und steh auf. Mein Gesicht brannte wie Feuer. »Aber Sie müssen den Alten doch kennen! Hat 'ne Porzellanpfeife mit dem Kaiser drauf und immer einen Tropfen an der Nase!«

Der Manchesterne will was sagen, aber der Grüne läßt ihn nicht zu Worte kommen, sondern fragt: »Wo haste denn den Schwiegervater mit dem Nasentroppen?«

Ich beschrieb ihnen genau, wo er stehen mußte.

Die Joppe sagte: »Hol dir noch Ernst und Willi zu und sieh, daß du den Alten fängst – wenn's den überhaupt gibt. Mit dem Sehnchen hier werde ich schon allein fertig.« Der Manchesterne zog ab, und die Joppe sagte: »Sehnchen, das werden teure Weihnachtsbäume! Da kommste ohne Kittchen nich von ab!«

Bei den Worten wurde mir erst klar, in welch verdammter Mausefalle ich steckte. Ich dachte an Vater, an das Pennal – über die Familie würde ich Schande bringen, und auf dem Pennal würde man mich schassen! Ich überlegte rasch: Ich hatte nichts bei mir, was mich verraten konnte (damals gab's die Kennkarten noch nicht). Wenn ich ihnen meinen Namen nicht nannte, wenn ich unter dem Namen Schmidt oder Schulze meine Strafe abbrummte, würden die Eltern sich schreckliche Sorgen machen, aber mehr als zwei Wochen konnte ich auch im

Höchstfalle eigentlich nicht kriegen, und dann waren Ehre und Schulbesuch gerettet. Ich durfte nur meinen pechösen Pechnamen nie verraten.

Während ich so überlegte, habe ich meine Kleider so einigermaßen wieder in Ordnung gebracht, und mein Bewacher sagt nun: »Na, denn nimm die Bäume und kommt mit!«

Ich tat, wie er gesagt hatte. Wir mußten nur um ein paar struppig-dichte Gebüsche herumgehen, da standen wir schon vor einer Gebäudegruppe. »Großgärtnerei und Baumschulen Hoppe & Co.« las ich. Nur ein vollendeter Trottel wie der alte »Nischt« konnte auf die Idee kommen, so in nächster Nähe von bewohnten Gebäuden auf die Tannenbaumernte zu gehen, die mußten den Klang meines Beiles in ihren Stuben gehört haben! Aber, fiel mir ein, so ein vollendeter Trottel war der Alte gar nicht, der lief, da ich nichts von ihm wußte, nicht das geringste Risiko: Wenn ich was brachte, war's gut; fiel ich aber rein, fiel ich allein rein!

Auf dem Hof der Gärtnerei, von dem auch der Hauptausgang zur Straße war, standen an ein Dutzend Leute, auch Frauen darunter, und sie schienen nicht übel Lust zu haben, mir noch eine kräftige Abreibung zu verpassen, als ich meine Tannenbäume ablud. Aber mein Begleiter hinderte sie daran. Ich wurde in ein Büro gebracht und dort von zwei jungen Gärtnergehilfen bewacht, während mein Begleiter den Chef wecken ging. Unterdes kam die Manchesterhose mit Willi und Ernst zurück; wie ich schon gefürchtet hatte, war Nasentröpfchen verschwunden. Ich beschwor sie, rasch einen Radfahrer zur Endhaltestelle der 49 zu schicken – aber sie glaubten mir kein Wort mehr von dem Alten. Das war der große Unbekannte, auf den sich anscheinend alle Verbrecher rausreden.

Dann kam der Chef; er hatte ein nettes, offenes Gesicht, aber jetzt war er sehr ärgerlich: Ich hatte den Lieblingsplatz seiner Frau grausam geschändet. Sie fingen an, mich zu vernehmen, später kam jemand von der Polizeiwache und vernahm mich auch. Aber eigentlich war nichts zu vernehmen. Ich gab an, Hans Schmidt zu heißen, in der und der Straße zu wohnen und den Alten in einer Kneipe, an die ich mich nicht erinnerte, kennengelernt zu haben. Ich hatte mit gutem Gewissen die Tannenbäume holen wollen. Das war alles, was ich zu wissen vorgab, und nach drei Stunden Vernehmung waren sie noch nicht weiter: Ich kann auch mächtig dickköpfig sein!

So schafften sie mich denn auf die Wache und vernahmen mich dort mit dem gleichen Mißerfolg weiter. Am Abend war ich im Hauptpolizeigefängnis gelandet, und am nächsten Tage wurde ich von einem richtigen Kriminalbeamten vernommen. Aber der erreichte auch nicht mehr als die andern. Ich dachte immer nur an die Schande, die ich meiner Familie machen würde, und an den Rausschmiß aus der Schule. Dazu hatte ich noch irgendwelche Kriminalromane im Kopf, nach denen es sehr gut möglich war, sich unter einem falschen Namen verurteilen zu lassen und unter einem falschen Namen seine Haftstrafe abzubüßen.

Es dauerte sehr lange, bis ich begriff, daß so was – vielleicht! – woanders möglich ist, aber nicht bei uns. Bei uns würde man mich so lange in Polizeihaft halten, bis sie meinen richtigen Namen raushatten, und wenn das Wochen dauerte! Aber ich war damals begriffsstutzig, es wollte nicht in meinen Kopf rein. Dabei machte mich die Haft und das herannahende Weihnachtsfest immer trübsinniger, ich dachte ständig an die zu Hause, die Todesangst, die sie um mich ausstehen mußten, das völlig verdorbene Fest. Ich war der Pechöseste aller Pechs, noch keinem Pech hatte das Schicksal so mitgespielt wie mir. Ich kam, als es nun wirklich der Tag vom Heiligen Abend geworden war, sogar soweit, daß ich die Heizungsrohre in der Zelle prüfend anschaute und die Schlafdecke, erst mal in Gedanken, in Streifen zerriß; ich spielte mit dem Selbstmord.

Aus diesen düsteren Gedanken wurde ich wieder mal zu meinem Kommissar zur Vernehmung geholt, und wie ich da die Stube betrete, sagt eine geliebte Stimme: »Richtig, Herr Kommissar! Dieser Hans Schmidt ist recte ein Peter Pech – Peter, du Unglücksrabe, komm zu deinem alten Vater!«

Ich bin Vatern in die Arme gestürzt und habe geheult, geheult habe ich! Und mit meinen Tränen habe ich all meine Blindheit und Torheit fortgewaschen, und als ich mein Gesicht endlich wieder abgetrocknet hatte, fing ich zu erzählen an, die Wahrheit, die ganze Wahrheit, nichts als die Wahrheit, von der Eckkneipe, der Qualle, von Nasentröpfchen, dem Besitzer eines Nasentröpfchens, dem Schwiegervater, einem großen Baugrundstück mit altem Parkgrundstück …

»Ja, so wird ein Schuh draus!« sagte der Kommissar

und machte ein zufriedenes Gesicht. »Und hören Sie mal zu, mein Sohn ...«

Und dann hielt er mir eine gepfefferte Strafpredigt über all die Mühe und Arbeit und die Kosten, die ich währenddes dem Vater Staat gemacht hatte. Worauf ich mit Vater gehen durfte. Himmel, wie mir zumute war, als ich die Straße betrat, endlich frei! Ich dachte an all die Unglücklichen, für die kein Vater grade zur rechten Stunde am Weihnachtstag einsprang, sie in Fest und Freiheit zu führen, und ich dachte auch daran, wie ich durch meine eigene Dummheit beinahe um all dies gekommen wäre.

Vater sagte mir das auch. Er meinte, grade wenn man ein Pech sei und heiße, habe man die Pflicht, einem widrigen Schicksal entgegenzuwirken und es nicht durch Unbedachtheit und Torheit zu unterstützen. Ich möge gefälligst einmal an die Todesangst denken, die ich der ganzen Familie Pech, der Mutter zuvor, eingejagt hätte; und daß sie auf den Gedanken gekommen wären, den als vermißt gemeldeten Sohn erst einmal unter den Polizeigefangenen zu suchen, das hätte ich allein meinem Bruder Paul zu verdanken, dem grade zur rechten Zeit meine Weihnachtsbaumbesorgung eingefallen sei!

Daß unser Weihnachtsfest 1945 kein voller Erfolg war, kann sich jeder denken. Petta und Palma fanden, daß ein Tannenzweig, mit drei Lichtlein besteckt, kein Ersatz für einen funkelnden Weihnachtsbaum ist, und wir Großen standen alle noch zu sehr unter dem Eindruck der Angst, die wir in den letzten zwei Wochen ausgestanden hatten. Ich denke, Weihnachten 1946 wird in jeder Hinsicht ein größerer Erfolg werden.

Mir selbst war es gar nicht so unrecht, daß es keinen Weihnachtsbaum gab, ich hätte ihn nicht ohne Selbstvorwürfe ansehen können. In diesem Jahre haben wir, da ich diese Zeilen schreibe, bereits unser Bäumchen – von Pamela besorgt. Es steht, damit die Zwillinge es nicht vor der Zeit sehen, um die Ecke herum auf dem Küchenbalkon, und ich besuche das Fichtchen dann und wann, mein Herz an seinen Anblick zu gewöhnen. Dann denke ich an den Lieblingsplatz von Frau Gärtnereibesitzerin Hoppe, der durch mich seiner geschlossenen Schutz- und Zierwand beraubt ist, und ich schwöre mir wieder einmal zu, mehr Obacht auf die Schlingen zu geben, die das Leben auch dem Redlichen, besonders heute, stellt.

Aber ich hätte – trotz alles mir fehlenden Weihnachtsgeldes – diese kleine Geschichte nicht erzählen dürfen, wenn ich ihr nicht auch in einem andern Punkte einen Abschluß geben könnte. Ja, ich habe im Jahre 1946 an zwei Tagen dem Schulunterricht fernbleiben müssen, wie man sagt, aus Gründen, die nicht gesundheitlicher Natur waren. An einem Tage mußte ich wieder mal ins Polizeigefängnis, und dort wurde mir ein alter Schnauz gezeigt –: »Er ist es!« rufe ich, denn auch das Nasentröpfchen fehlte nicht, obwohl wir Juni schrieben.

»Nischt!« sagte Nasentröpfchen gekränkt. »Den jungen Mann kenn ick jar nich! Nie jesehn!«

Und auch als ich auf Wunsch des Kriminalbeamten

noch einmal die ganze blamable Geschichte erzählt hatte, blieb er bei seinem »Nischt«.

Das zweitemal blieb ich dem Unterricht fern im August, um der Verhandlung gegen Nasentröpfchen beizuwohnen. Ich habe dieser Verhandlung von der ersten bis zur letzten Minute gelauscht, soweit dies meine Zeugeneigenschaft zuließ, und ich habe dabei erfahren, welch häßlicher Wolf im Schafspelz dieser Alte war.

Das einzige Mal, daß Nasentröpfchen etwas tat und sagte, was meine Zustimmung fand, war, als der Richter ihn am Schluß der Verhandlung fragte, was er etwa zur Entlastung vorzubringen habe.

»Nischt!« antwortete Nasentröpfchen.

Weihnachtsfriede

Über all diesen Erlebnissen war das Weihnachtsfest recht nahe gerückt. Es hatte sogar schon zweimal geschneit, wenn sich der Schnee auch nicht gehalten hatte. Karla und ich sprachen oft von diesem kommenden Weihnachtsfest. Uns graute bei dem Gedanken, es im Palasthotel feiern zu sollen.

Ich wagte eine Andeutung bei Justizrat Steppe. Er verstand mich aber falsch, also stimmte er mir zu. Ja, es sei eine Plage mit diesen Festen, vor Neujahr komme das Steueramt bestimmt nicht wieder richtig in Gang, unsere Sache würde sich nun wegen dieses Festes als »Rest« ins neue Jahr hinüberschleppen.

Karla klärte ihn über unsere wirkliche Meinung auf. Der Justizrat war sehr überrascht. Die Hutapschen Junggesellenweihnachten im großen Speisesaal seien weithin berühmt; er werde es bestimmt auch für uns Verheiratete reizend machen.

Ich sagte dem Justizrat energisch, daß wir ganz und gar nicht im Hutapschen Saal unter lauter Junggesellen zu feiern wünschten, nicht einmal solo in unserem Salon.

Der Justizrat gab zu, dies Weihnachtsfest sei zweifelsohne ein Problem. Nicht nur meine eigenen Angestellten, sondern auch die Angestellten des Hotels würden Geschenke von mir erwarten. Am richtigsten sei zweifelsohne bei allen Geld. Er werde Herrn Matz, meinen Privatsekretär, beauftragen, eine Vorschlagsliste aufzustellen. Über die Höhe der einzelnen Summen könnten wir ja dann noch reden …

Ein wenig hitzig erwiderte ich, daß uns im Augenblick das Weihnachtsfest der anderen völlig schnurz sei. Es ginge uns um das eigene Weihnachtsfest!

Der Justizrat seufzte. Nun wohl, diese Schenkerei sei ja leider Mode. Er würde also den Kanossagang zu Obersteuerrat Neumann gehen und Freigabe unseres Bankguthabens beantragen bis zur Höhe von – ob uns dreitausend Mark für Privatgeschenke genügen würden?

Noch hitziger versicherte ich, daß mir dreitausend Mark piepe seien! Daß wir nicht bei Hutap feiern wollten! Daß wir für uns feiern wollten, irgendwo, in aller Gemütlichkeit, nicht als bestaunte Millionäre, sondern ganz privat. »Allein, Herr Justizrat! Unseretwegen mit zwanzig Mark! Aber ganz allein! Ohne Kiesow! Ohne Matz! Ohne Hotelier Hutap! Ohne Ober Fridolin!«

(In Gedanken: Ohne Sie, Justizrat!)

Der Justizrat lächelte. Natürlich, natürlich, er verstand schon … Aber wo in aller Welt wir denn feiern wollten, wenn nicht hier? Etwa auf dem Gut? In Gaugarten waren sie, soviel er unterrichtet sei, beim Ausbessern der Zentralheizung. Gaugarten sei unmöglich! Aber er verstehe schon, ja, doch, er verstehe vollkommen, er werde durch seinen Bürovorsteher Fiete allen im Hotel einen Wink geben, daß wir an diesem Abend ganz für uns sein wollten …

Es war nichts zu machen, um keinen Preis wollte er die Zügel, an denen er uns hielt, lockerlassen. Wir blieben zurück, geschlagen. Aber nicht besiegt. Wir waren entschlossen, diesmal wider den Stachel zu löcken. Wir wurden lebendiger. Wir planten, einfach auszureißen, und nicht nur für den Weihnachtsabend, nein, gleich für drei, vier Tage! Schließlich waren wir freie Menschen, auch als Millionäre mußten wir tun und lassen können, was wir wollten …

Wenn am Weihnachtsabend das Zimmermädchen unsere Betten abdeckte, würde sie einen Brief darin finden: Abgereist! Aufenthalt unbekannt!! Rückkunft irgendwann!!!

Wir kauften uns eine Wanderkarte, und wenn wir jetzt abends allein waren, suchten wir auf der Karte Orte aus, die uns abgelegen genug schienen. Schließlich entschlossen wir uns für ein Dorf mit Namen Langleide. Der Name klang vielleicht nicht sehr ermutigend, aber wir waren ja nicht abergläubisch. Jedenfalls lag Langleide acht Kilometer von der nächsten Bahnstation (Kleinbahn) entfernt, mitten im Walde.

»Und wenn es dann noch geschneit hat. Kerlchen.«

»Herrlich, Maxe! Ich sehe uns schon durch den verschneiten Wald laufen! Die Mücke wird jubeln!«

»Wir werden uns abwechseln müssen. Jeder trägt einmal den Handkoffer, einmal die Mücke. Acht Kilometer durch Schnee sind für sie zu weit.«

»Das macht mir keine Sorge. Nur, wenn wir dann am ersten Feiertage losgehen nach –«

Jawohl, wir hatten Langleide noch aus einem zweiten Grunde gewählt, wir hatten noch einen anderen Grund, uns auf unsere Flucht zu freuen. Aber ich darf nicht alles vorher verraten …

Als Justizrat Steppe mit der Nachricht zu uns kam, das Steueramt habe die Freigabe auch nur eines Bruchteils von unserem Bankguthaben abgelehnt, betrübte uns das gar nicht.

Der Justizrat war der juristisch fundierten Ansicht, die Herren wünschten uns auszuhungern. Sie hatten uns ein Ultimatum gestellt, das wir bis zum 31. Dezember annehmen sollten: zwei Drittel der Bankguthaben, also etwa vierhunderttausend Mark als Anzahlung auf die Erbschaftssteuer, der Rest als Hypothek einzutragen, abzahlbar in fünfzehn Jahren …

Ich fand diesen Vorschlag ganz annehmbar und sagte dies dem Justizrat auch. Aber der Justizrat lächelte Hohn.

»Wir lassen uns nicht aushungern! Nur Geduld, meine jungen Freunde! Die Herren sollen sehen, daß wir nicht nachgeben. Herr Matz wird Ihren Angestellten sagen, daß die Weihnachtsgratifikation erst nach der Erbregulierung gezahlt werden. Und was Ihre eigenen Weihnachtsgeschenke angeht …«

Er dachte nach, er kämpfte mit sich. Dann: »Sagen Sie mir die Geschäfte, in denen Sie zu kaufen beabsichtigen. Fiete wird Ihnen Muster schicken lassen, wir werden Ihre Geschenke auf laufende Rechnung entnehmen.«

Wir sagten dem Justizrat, daß wir uns wegen der eigenen Geschenke noch nicht entschlossen hätten. Wir logen ihn glatt an, mit eherner Stirne. Wir hatten, heimlich wie die Indianer auf dem Kriegspfade, einen Besuch bei jener kleinen Bank gemacht, auf der Mücke ein Sparbuch hatte. Wir hatten dreihundert Mark abgehoben, hundert für Geschenke, zweihundert für »unser Fest«.

Aber wie immer, fingen mit dem Geld, das wir doch nie hatten, die Schwierigkeiten an. Wie sollten wir die Geschenke kaufen? Wie sie ins Hotel schmuggeln, dort verbergen, wieder herausbringen? Wie in aller Welt sollten wir überhaupt unsere Sachen herausbringen? Wir hatten keinen Menschen, dem wir uns anvertrauen konnten!

Es hatte so einfach geklungen: Wir reißen aus! Wie aber dem Fräulein Kiesow, der Bonne, die Mücke entführen? Wie mit ihr aus dem Hotel herauskommen?

Tausend Schwierigkeiten, und je genauer man es überlegte, um so unmöglicher erschien alles. Wir bekamen keinen rechten Schwung in die Vorbereitungen. Außerdem hatten wir je länger je mehr das Gefühl, daß Steppe und Matz uns beargwöhnten. Dies Gefühl war völlig unbegründet, wie sich nachher herausstellte. Aber, wenn auch unbegründet, lähmte es uns jetzt doch.

Dann aber trat ein Ereignis ein, das unseren Entschluß stahlhart machte.

Zu meinen wenigen Tagespflichten gehörte das Durchsehen der Matzschen Post. Diese Post nun war eigentlich, so imponierend sie auch ihrem Umfang nach aussah, völlig bedeutungslos. Das wirklich Wichtige wurde durch den Justizrat Steppe, das laufend Geschäftliche auf dem Gutsbüro in Gaugarten erledigt. Was mir Herr Matz zur Unterschrift vorlegte, waren fast nur Antworten auf Darlehnsgesuche, Bewerbungen, Erfindervorschläge – kurz gesagt: auf Bitt- und Bettelbriefe.

Kein Mensch, der es nicht einmal selbst erlebt hat, kann sich eine Vorstellung davon machen, wieviel Tausende von Briefen dieser Art bei uns eingingen, wie jede Post eine neue Welle der verschiedenartigsten Vorschläge, der erschütterndsten Hilfeschreie zu uns herantrug. Wir merkten es immer am Anschwellen dieser Post, wenn wieder ein anderes Blatt unser Bild oder einen Bericht über die jungen Millionenerben gebracht hatte.

Der wollte Gummistiefel, Größe vierundvierzig, um eine Arbeit als Grabenräumer anzunehmen, dem fehlten sechzig Mark Miete, sonst würde er mit seiner Familie auf die Straße gesetzt; der hatte, wie mein Vetter Friedrich Karl, in die Kasse gegriffen und verlangte telegrafisch tausend Mark: Bittend, überredend, drohend, frech, kriechend hielten alle Tage alle menschlichen Nöte ihren Einzug bei uns.

Zuerst waren Karla wie ich völlig niedergedrückt: Wir hatten nie geglaubt, daß es so viel menschliches Elend um uns gäbe. Jeden Tag gingen wir mit Seufzen an unsere Post, und jeden Tag waren wir aufs tiefste niedergedrückt, wenn wir sie erledigt hatten. Und doch widersetzten wir uns dem eigentlich sehr vernünftigen Steppeschen Vorschlag, diese ganze Post unbeantwortet der Zentralheizung des Palasthotels zu überliefern.

Wir hatten kein Geld, wir konnten an diesen Leuten im besten Falle nichts antworten, als daß ihre Gesuche geprüft würden – und wenn sie dann drängten, schrieben wir ihnen noch einmal, daß die Prüfung noch nicht abgeschlossen sei …

Wir taten das nicht etwa, um die Leute hinzuhalten, wie Herr Matz wohl stillschweigend annahm, wir taten es völlig guten Glaubens. Wir hatten fest vor zu helfen, wenn wir erst Geld hätten! Wir hatten nicht vergessen, was Oma Böök uns gesagt: wieviel Gutes wir nun mit all dem vielen Geld würden tun können. Wer uns nicht überzeugte, wer uns nicht sauber schien – dem schrieben wir sofort ab.

Um nun aber zu unserem Ergebnis zu kommen: unter diesen Briefen hatte sich auch der Brief eines Mannes aus Breslau befunden, der ein Geschenk von fünfhundert Mark erbat, um seine lungenkranke Frau ausheilen lassen zu können. Es war einer der ehrlichen Briefe gewesen. Der Mann hatte keine falschen Versprechungen gemacht, er hatte gesagt, daß er mittellos sei, er hatte um ein Geschenk gebeten.

Was uns veranlaßte, diesen Brief doch unter die »Lieber-Nein-Fälle« einzuordnen, war irgend etwas Unwägbares im Ton. Vielleicht schien uns der Brief gar zu flüssig, gar zu routiniert geschrieben. Steppe hatte uns gesagt, daß es Menschen gäbe, die jeden Tag Dutzende von solchen Bettelbriefen schrieben, die aus ihnen ein recht gutes Einkommen bezögen.

Wir schrieben den, ich gebe es zu, unwahren, hinhaltenden Brief von der Prüfung des Anliegens.

Postwendend hörten wir, daß wir des Bittstellers Lage nicht noch durch Nachforschungen erschweren möchten. Seine Not habe er bisher noch vor den Nachbarn verbergen können. Wir sollten ihn nicht »ins Licht der Gasse zerren«. Gott habe uns so überreich beschenkt, wir wüßten auch nicht, ob wir es verdient hätten. Wir möchten ihm, verdient oder unverdient, aus unserer Fülle hundert Mark in einem geschlossenen Umschlag senden.

Wir reihten den Fall unter die »Nein-Sachen« ein und antworteten nicht.

Eine Woche später sandte der Mann ans Breslau uns einen Freiumschlag: Wir sollten ihm zwanzig Mark senden. Uns werde es nicht ärmer machen, aber tausendfältigen Segen würden wir dadurch ernten …

Wir antworteten wiederum nicht. Freilich hatte der Mann beinahe richtig gerechnet: Der Freiumschlag machte uns Gewissensbisse!

Den Brief, den wir nun von ihm bekamen, dieses Meisterstück eines Gewohnheitsbettlers aus Bosheit und Hinterlist, setze ich wortwörtlich hierher. Er schrieb uns:

Euer Hochwohlgeboren
können sich also wirklich nicht entschließen, mir Ärmsten der Armen zu helfen? Nicht einmal mit dem wirklich so bescheiden Erbetenen? Weit entfernt, Euer Hochwohlgeboren darob zu grollen, geschweige denn gar ein Mißgeschick, Krankheit oder Tod eines lieben Augehörigen oder dergleichen zu wünschen, kann ich

nicht umhin, auf die immerhin merkwürdige *Tatsache* hinzuweisen, daß solch Mißgeschick schon so viele betroffen hat, die sich in den letzten vier Jahren meines Elends meinen ähnlichen Bitten gegenüber ablehnend verhalten haben.

Hochachtungsvoll
Ihr um eine Enttäuschung reicher
gewordener …

»So ein Biest!« sagte Karla tonlos. Sie war schneeweiß geworden, ihr geht es immer ans Herz, wenn sie erfährt, wie schlecht Menschen sein können.

»Reg dich nicht so auf Kerlchen!« bat ich. »Du siehst, unser Gefühl ist ganz richtig gewesen: ein gemeiner Gewohnheitsbettler.«

»Uns Unheil zu wünschen!« klagte Karla. »Wenn uns jetzt etwas Schlimmes passiert, werde ich immer glauben, dieser Kerl hat es gemacht.«

»Unsinn, Karla! Du wirst doch nicht abergläubisch werden! Was soll uns denn Schlimmes passieren –?!«

»Ich weiß doch auch nicht! Aber wenn –!«

Es dauerte lange, bis ich sie beruhigen konnte.

Dann, am gleichen Abend, am Abend des 22. Dezember, kam Fräulein Kiesow noch spät in unser Zimmer. »Wollen Sie nicht einmal nach Eduarda sehen, gnädige Frau? Ich glaube, sie hat Fieber …«

Karla warf mir einen erschrockenen, tränendunklen Blick zu. Der Brief, siehst du! sagte dieser Blick.

Dann liefen wir beide in der Mücke Zimmer.

Der Doktor war gekommen und gegangen. Er hatte tröstlich gemeint, es sei bloß ein Schnupfenfieberchen, und hatte einen Umschlag verordnet. Aber das hatte Karla nicht beruhigen können.

Wir saßen an dem Bett unseres Kindes, das unruhig schlief, mit hochroten Bäckchen. Fräulein Kiesow hatten wir in unseren »Salon« verbannt, wo sie sich mit der quietschenden Chaiselongue für die Nacht abfinden mochte, so gut sie konnte.

Ich ging leise im Zimmer auf und ab und sah manchmal nach Karla hin, die unbeweglich, das Auge auf das Kind gerichtet, ohne eine Spur von Farbe dasaß.

»Karla!« bat ich schließlich, als sie sich gar nicht rührte. »Mach dir doch das Herz nicht unnötig schwer! Denke doch nicht mehr an den dummen Brief!«

»Ja«, sagte sie nach einer Weile langsam, »ich denke an den *bösen* Brief.«

»Der Doktor hat gesagt, es ist bloß ein Schnupfenfieber. Es ist morgen schon vorbei. Dieser gemeine Brief hat damit gar nichts zu tun!«

»O Gott!« sagte sie plötzlich kläglich. »Was haben wir doch glücklich gelebt, als wir noch nicht wußten, wie schlecht die Menschen sein können! Seit ein paar Wochen, seit wir geerbt haben, seit wir hier sitzen in diesem verdammten Hotel, ist es mir, als könnte ich gar nicht mehr richtig atmen, als sei alles schmutzig, sogar die Luft!«

»Aber wir haben auch schon vorher Sorgen gehabt, Karla«, erinnerte ich sie. »Die Menschen sind auch schon vorher schlecht zu uns gewesen. Denke damals die schreckliche Zeit, als Marcetus mich aus der Vira rausstänkern wollte!«

»Ja«, sagte sie immer aufgeregter, »aber das waren Sorgen, die gehörten irgendwie zu unserem Leben, die waren notwendig. Daß das Leben kein Zuckerschlecken ist und die Menschen keine Engel, das habe ich immer gewußt. Daran stoße ich mich nicht – ich bin auch kein Engel. Aber die Sorgen, die wir jetzt haben, und das Böse, das nun zu uns kommt, das hat gar nichts mit uns zu tun, sondern nur mit dem Geld! Das müßte nicht sein, Maxe, und ich denke tausendmal ...«

Nun sah sie mich an, die Augen in Tränen schwimmend. Sie redete nicht weiter, aber ich erriet wohl, was sie meinte. »Du denkst, Kerlchen«, sagte ich und nahm ihren Kopf zwischen meine Hände, und sie lehnte sich an mich und schlang die Arme um meinen Hals. »Du denkst, Kerlchen, wir sollen jetzt von dem allen weglaufen und wieder zurück in unsere Mansardenstube. Aber, Kerlchen, es geht doch nicht, noch viel weniger als damals beim Mummelteich! Da hätten wir vielleicht noch zurückgekonnt, aber jetzt haben wir Schulden über Schulden, nie können wir die abarbeiten.«

»Ich habe gedacht« sagte sie zaghaft, »daß wir vielleicht ein bißchen nehmen und das andere irgendwie verschenken. Es ist einfach zu viel für uns, Maxe. Wir passen nicht zu so viel Geld«

Karla sah damals alles schon viel klarer und richtiger als ich. Sie war lebensnäher, sie ließ sich nicht blenden. Aber ich klammerte mich an das Geld, ich dachte immer noch, man müßte es nur ein wenig anders einrichten und alles würde ausgezeichnet gehen. Ich hatte noch nicht begriffen, daß Geld sich nicht »anders einrichten« läßt, Geld hat seine Einrichtung für sich, es ändert sich nicht, es macht, daß die Menschen sich ändern.

Dies muß Karla schon damals, ohne es klar sagen zu können, begriffen haben, und schon damals muß sie einen festen, ganz unwiderruflichen Entschluß gefaßt haben. Wenn sie sich dieses eine Mal noch von mir überreden ließ, so hatte sie sich doch schon gesagt: Es ist ein letzter Versuch.

»Höre zu, Karla«, sagte ich eifrig. »Ich gebe zu, ich hab's falsch gemacht. Ich habe mich von alledem überrumpeln lassen. Ich werde dir sagen, was ich tue. Ich schreibe morgen gleich einen Brief an das Steueramt und erkläre, daß ich deren Vorschläge annehme. Es ist mir ganz egal, ob Steppe tobt. Und dann ziehen wir sofort nach Gaugarten, und Herr Matz und Fräulein Kiesow und die Stenotypistinnen entlasse ich, und für die Mücke nehmen wir ein einfaches Kindermädchen –«

Die Mücke, die ihren Namen wohl in den Fieberschlaf hinein gehört hatte, drehte sich um im Bett. Sie streckte ihre Ärmchen, sie sang es fast, halb gedehnt: »Liebe Mummi!«

Sie drückte ihre Mutter fest an sich und sagte: »Aber zu Weihnachten bin ich wieder gesund, Mummi! Weihnachten will ich haben!«

Und schlief schon wieder.

»Ja«, sagte Karla. »*Unser* Weihnachtsfest wollen wir bestimmt feiern. Was du da vorhast, Maxe, mit Steueramt und Gaugarten und der Kiesow, das ist alles ganz schön, und ich bin damit einverstanden, wenn ich auch nicht weiß, ob es wirklich hilft. Aber es dauert viel zu lange. Übermorgen ist Weihnachten, und *unser* Weihnachtsfest feiern wir, das weiß ich bestimmt!«

Sie funkelte mich so entschlossen an, daß ich wußte, dies mußte sein. Ich wollte es ja eigentlich auch, wenn mir schon vor all den Schwierigkeiten und der Heimlichtuerei graute.

»Ja, natürlich, Karla«, sagte ich darum. »Und wir werden es auch hinkriegen, trotzdem ich noch gar nicht weiß, wie ich es machen soll mit den Einkäufen und den Fahrkarten und dem Wegkommen. Nur eines macht mich bedenklich: Wird die Mücke denn fahren können, so mit ihrem Fieber?«

»Natürlich kann sie das!« rief Karla fast empört. »Es ist doch nur ein Schnupfenfieber – oder ist es jetzt etwas anderes?«

Ich hatte sie bis dahin selten so böse gesehen – nämlich auf mich. Auf andere ist Karla immer leicht böse geworden, hat es aber ebensoschnell vergessen. Auf mich war sie sehr, sehr selten böse – und vergaß es nie. Ich glaube, sie weiß heute noch jedes einzelne Mal, wo sie auf mich böse gewesen ist. Es geschah immer, wenn ich sie enttäuschte – das konnte sie gar nicht vertragen.

Darum sagte ich auch gleich: »Nein, natürlich ist es bloß ein Schnupfenfieber. Ich weiß ja bloß nicht, wie lange ein Schnupfenfieber dauern kann. Aber wenn du meinst –«

»Natürlich meine ich –«

»Na schön. Dann wollen wir erst mal das mit dem Koffer überlegen. Wie wäre es, wenn wir bloß ein paar Paketchen machten? Die fallen nicht so auf.«

Karla war ganz und gar gegen Paketchen. Sie zählte mir her, was wir alles einschließlich der Geschenke mitnehmen mußten, es war ein schrecklicher Haufen Zeug.

Nun gerieten Karla und ich in eine hitzige Debatte über das Notwendige. Als Mann war ich der Ansicht, mit einem oder zwei Hemden gut auszukommen für eine Woche. Als Frau verfocht sie den Satz, das einzig Schöne am Reichsein sei bisher gewesen, daß man so oft die Wäsche wechseln könne.

Wir faßten und verwarfen nacheinander immer neue Pläne. Schließlich waren wir schon so sehr durch lauter Grübeln verblödet, daß wir einen Kinderwagen für die Mücke kaufen wollten, unter dem Vorwand, der Arzt habe Ausfahrten gegen ihr Fieber verordnet. In dem Kinderwagen, mit der von unserer Leibwäsche unterbauten Mücke, wollten wir unseren Wächtern entrinnen.

»Ob es geht?« fragte ich zweifelhaft.

»Die Kiesow wird nie darauf reinfallen«, meinte Karla auch. »Die hat gehört, was der Doktor gesagt hat.«

»Aber was um alles in der Welt sollen wir dann tun?« rief ich verzweifelt aus.

»Ich weiß doch auch nicht«, sagte Karla. »Nur weiß ich, daß ich unser Weihnachten für uns allein haben will!«

»Aber wie –?!« schrie ich fast.

»Ja, wie –?« echote Karla.

Als Antwort klopfte es kräftig bei uns – aber nicht an der Tür, sondern am Fenster!

Karla und ich, wir sahen uns sprachlos an – wir wohnten nämlich, wie sich das für Millionäre gehört, im ersten Stock des Hotels!!

Karla, die durch all die Ereignisse der letzten Zeit etwas schreckhaft geworden war, fragte aufgeregt: »Was kann das bloß sein –?«

Und rief, als ich eine Bewegung zum Fenster hin machte: »Um Gottes willen, Maxe! Rufe doch erst den Nachtportier!«

»Ein Einbrecher würde nicht anklopfen, Karla«, sagte ich beruhigend und schlug die Gardine zurück.

Ich hatte nicht daran gedacht, daß wir in Mückes Zimmer saßen, das auf den Hof hinausgeht. Ich hatte erwartet, unter mir die Straße zu sehen, und dies hatte das Klopfen besonders rätselhaft gemacht. Jetzt sah ich das Schuppendach vor dem Fenster, unter dem die Pferde des Hotelomnibusses ihre Wohnung hatten und bei geöffnetem Fenster gar nicht palasthotelwürdige Düfte in Mückes Zimmer entsandten.

Ferner sah ich die dunkle Gestalt eines Mannes auf diesem Dach …

»Es steht ein Mann vor dem Fenster, Karla!« flüsterte ich.

»Um Gottes willen! Wieso denn?! Soll ich klingeln?«

Der Mann, die dunkle Gestalt, machte eine Bewegung zu mir hin mit der Hand, als fordere er mich auf, das Fenster zu öffnen. Dann legte er einen Finger,

Schweigen gebietend, auf seinen nicht erkennbaren Mund.

»Klingle noch nicht, Karla«, rief ich über die Schulter zurück.

Der nächtliche Besucher trat dicht an das Fenster, er preßte sein Gesicht gegen die Scheiben. Er sah nicht schöner aus dadurch, mit breit gequetschter, weißer Nasenspitze, aber er weckte Vertrauen. Denn trotz des Quetschens war zu erkennen, daß er lächelte.

Plötzlich fuhr wie ein erhellender Blitz in mich die Entdeckung, wer dieser Mann war.

»Karla!« rief ich und riß das Fenster auf. »Es ist ja der August Böök.«

»Da bin ich, Chef!« sagte August und schwang sich mit einer wunderbaren, bestimmt im Zirkus erworbenen Leichtigkeit in das Zimmer. »Guten Abend, Chefin! Ich hoffe, ich habe Sie beide nicht zu sehr erschreckt!«

»Aber, lieber Herr Böök«, rief ich, leise protestierend. »Was machen Sie denn für Geschichten! Die Mücke ist krank – Sie hätten sie zu Tode erschrecken können!«

»Tut mir leid, Chef!« sagte August Böök. »Aber mir fiel kein anderer Weg mehr ein. Seit sieben Stunden versuche ich, zu Ihnen zu kommen. Aber Sie sind bewacht wie der Domschatz zu Hildesheim! – Was hat denn die Mücke?«

Die Mücke regte sich wieder bei ihrem Namen, sie drehte sich zu uns um, sah den August Böök mit großen Augen ohne alles Erschrecken an und sagte: »Bist du das, Onkel Böök? Willst du mir mal schnell was zaubern?«

Kein Kinderherz vergißt einen Onkel wie den August Böök, er komme noch so selten. Wir anderen Erwachsenen sind nur ein Notbehelf, solange kein August Böök zur Hand ist, wir ermüden viel zu schnell beim Spielen, und selten fällt uns etwas Neues ein.

Der August Böök war wie immer so auch jetzt sofort im Bilde. »Zaubern?« fragte er. »Aber gewiß doch, kleine Mücke!«

Mit einem Griff hatte er die kleine Nachttischlampe umgestellt, die Hände kunstvoll ineinander verschlungen, und schon hoppelte der Schattenriß eines Hasen über die Tapete.

»Siehst du, jetzt macht er Männchen, Mücke! Jetzt wackelt er mit den Ohren. Und jetzt knabbert er ein Blatt Kohl – hörst du, wie es knackt?«

Es klang wirklich so, als sei ein Hase im Zimmer und knuspere seinen Kohl. Die Mücke lachte …

Eine Stimme von der Tür fragte grämlich: »Geht es Eduarda schlechter? Soll ich Sie vielleicht ablösen, gnädige Frau?«

Wir standen stockstill bei diesem Mahnruf der Bewacherin Kiesow – wie die ertappten Verbrecher! Wie sollten wir die Anwesenheit eines fremden Mannes im Schlafzimmer unserer kranken Tochter erklären, eines Mannes, der auf illegale Weise, ohne den Portier zu passieren, ins Hotel eingedrungen war. Der ganz und gar nicht so aussah, wie ein Besucher von uns auszusehen hatte, mit einem ehemals weiß gewesenen wolligen Jumper, blauen Matrosenhosen, dem dunklen, scharf geschnittenen, wettergegerbten Gesicht – und wahrhaftig, ich hatte ihn vorher nie mit Bewußtsein gesehen: einem goldenen Ring im linken Ohrläppchen.

August Böök war natürlich der Geistesgegenwärtige: Mit einem langen Schritt war er an der Tür und setzte den Fuß fest gegen ihre Unterkante. Ihm als nächste in Geistesgegenwart folgte Karla: Sie legte der Mücke sachte die Hand über den Mund und bedeutete ihr, stille zu sein. Die Mücke begriff sofort, daß der Onkel Böök ein Geheimnis zwischen uns war, von dem Fräulein Kiesow nichts wissen durfte ...

Schließlich raffte auch ich mich auf und sagte nach einigem Räuspern: »Es ist alles in Ordnung, Fräulein Kiesow. Wollen Sie bitte schlafen gehen. Meine Frau braucht keine Ablösung.«

Eine Weile war es vor der Tür still. Wir warteten bewegungslos. Endlich sagte die verdrossene Stimme: »Dann also gute Nacht. Ich hoffe, es ist wirklich alles in Ordnung mit Eduarda.«

Wir hörten sie wegschlurfen. Es dauerte aber noch eine ganze Weile, ehe wir uns entschlossen, wieder miteinander zu reden, und auch dann nur flüsternd. August Böök drehte sachte den Schlüssel im Schloß um, so daß wir vor neuen Überfällen sicher waren. »Strenge Bewachung, wie?« lächelte er. »Kann ich mir denken, jeder möchte die gute Milchkuh allein melken!«

Sieben Stunden Stromern und Horchen um das Palasthotel hatten ihm ein recht genaues Bild von unserer bedrängten Lage gegeben.

»Wie ist es denn mit dem Chauffeurposten, was? Schon besetzt, natürlich! Ich konnte aber nicht eher kommen, mußte erst den Kies zur Reise zusammenhökern.« Er sah unsere verlegenen Gesichter. »Zu spät, ja? Genieren Sie sich bloß nicht vor mir, so was macht mir gar nichts. Kein Mensch ist leichter abzuwimmeln als ich.«

Gottlob enthob uns die Mücke einer sofortigen Antwort. Sie verlangte stürmisch nach der Fortsetzung ihrer Schattenspiele.

»Tun Sie ihr den Gefallen, Herr Böök!« bat Karla. »Und sehen Sie, daß sie bald zum Einschlafen kommt. Über Ihre Stellung reden wir dann in aller Ruhe.«

»Gemacht, Chefin«, sagte August Böök und klopfte ihr mit einem freundlichen Zwinkern seiner faltenumwobenen Augen auf die Schulter. »Keine Sorgen meinetwegen. Ich habe Aussicht als erster Büchsenspanner in der Schießbude vom bayerischen Ranftl. – Jetzt geht's los. Mücke!«

Und er ließ einen Storch über die Wand stelzen und hölzern klappern, daß die Mücke wieder jauchzte, aber nur leise. Denn sie hatte die Kiesow nicht vergessen, sondern fürchtete für ihren Theaterdirektor.

Während der August Böök so mit der Mücke spielte, berieten Karla und ich uns, was mit ihm wohl anzufangen sei. Daß wir unser der Oma Böök gegebenes Wort halten mußten und daß wir das auch gerne wollten, war klar. Nur das »Wie« machte Schwierigkeiten, wie immer jetzt. Ich war dafür, Böök mit einem Brief zum Administrator Kalübbe zu senden, der ihn schon beschäftigen würde, bis wir nach Gaugarten übergesiedelt waren.

Karla aber hatte ganz andere Pläne. Ihr war der übers

Dach angelangte Böök wie ein Retter in schwerer Not, speziell vom Himmel gesandt, um uns aus allen Weihnachtsmiseren zu helfen. Die bekannte Gestalt, die wir so oft im Zimmer der Oma Böök gesehen hatten, erschien ihr wie ein Gruß aus unserer besten Zeit. Gleich hatte sie Vertrauen zu ihm, gleich gehörte er mehr zu uns als die Matz und Steppe. Vor ihm mußte man sich nicht genieren. Er war genau wie unsereiner.

Der August hatte über unserem Ratschlagen einen Sandmann für die Mücke auf der Tapete entstehen lassen, der ihre Augen mit Schlaf gefüllt hatte. Sie blinzelte ihm noch einmal selig zu, flüsterte: »Aber morgen bist du wieder da!« und meinte nicht den Sandmann damit.

»Herr Chef«, sagte August Böök, unser zukünftiger Chauffeur, und setzte sich zu uns. »Wenn sich's machen ließe, und Sie hätten eine Kleinigkeit zu futtern für mich? Mein Geld hat nämlich nur für die Fahrkarte gereicht, und seit vierundzwanzig Stunden kullert mein Magen, daß es schon unanständig ist!«

Wir kamen einträchtig zum Ergebnis, daß wir uns nicht auch noch in der Hotelküche durch ungewöhnlich späte Anforderungen verdächtig machen wollten. Aber Karla wagte auf Strümpfen eine Exkursion in unser Schlafzimmer und kam mit einer Pappschachtel Pralinen, einer Blechbüchse Teegebäck und einer Flasche Rum wieder, die noch von einer Grippeattacke bei uns verblieben war. Es war vielleicht kein normales Essen für einen Mann, der seit vierundzwanzig Stunden gehungert hatte, aber August Böök stellte nie bestimmte Ansprüche an das Leben. Er nahm alles, wie es kam. Er hatte einen Grundsatz: Schließlich ist alles egal. In hundert Jahren weiß kein Mensch mehr, wie wir es gemacht und gehabt haben. Warum sollen wir uns also heute darüber aufregen?

Und mit der gleichen freundlichen Gelassenheit nahm er auch unser etwas aufgeregtes Reden über unsere Weihnachtspläne hin. Na also, wir wollten hier unbemerkt fort. Schön, ließ sich machen! Wir wollten »inkognito« in Langleide Weihnachten feiern. Warum nicht? Dagegen war nichts zu sagen.

August Böök war der völlige Gegensatz der Steppe und Matz, die immer Bedenken hatten. August Böök sagte stets: Ja – also! Die Steppe und Matz und schließlich auch ich, wir sagten immer: Ja – aber … Darin war er Karla viel ähnlicher, und darum haben sich Karla und er auch immer ausgezeichnet verstanden, während für mich bald eine Zeit kommen sollte, in der ich »all diese Vertraulichkeiten mit meinem Chauffeur Böök« bitter bereute …

Aber in jener Nacht dachte ich über »Vertraulichkeiten« vollkommen wohlwollend. Es wurde eine sehr angeregte Nacht, einen Haufen Aufträge bekam der August Böök. Es wurden ihm auch die Wunschzettel der Familie Schreyvogel ausgehändigt, und als er nach zwei Uhr morgens über das Schuppendach fort uns verließ (er hatte vor, im Wartesaal des Radebuscher Bahnhofs zu nächtigen), trug er nicht nur diese Wunschzettel, nicht nur den gesamten Barbestand der Familie Schreyvogel, sondern auch das Sparkassenbuch der Mücke bei sich.

Karla und ich, sie auf der Chaiselongue, ich auf einem Sessel nächtigend, waren so aufgekratzt wie schon lange nicht mehr: Endlich hatten wir wieder einen Menschen, der zu uns paßte, dem wir vollkommen vertrauten, der nicht nach unserem Gelde gierig war!

August Böök, der Landstreicher in seinem schmierigen Sweater mit dem dicken Goldring im Ohr, war uns eine Oase in der Wüste, himmlisches Manna, unter Larven die einzig fühlende Brust.

»Maxe«, flüsterte Karla von ihrer Chaiselongue, »nun wird bestimmt was aus unserem Weihnachtsfest!«

»Klar, Mensch!« flüsterte ich zurück. »August schmeißt den Laden schon! Da verlaß dich drauf!«

Ich kam gar nicht auf den Gedanken, daß es viel hübscher gewesen wäre, wenn Karla sich auf mich hätte verlassen können.

Ich weiß nicht, was ohne August Böök aus unserer Langleider Weihnachtsfahrt geworden wäre. Fast möcht ich annehmen – so wenig rühmlich dies klingt –, ich wäre ohne ihn nie all der Schwierigkeiten Herr geworden, die sich diesem Unternehmen entgegenstellten.

August Böök war es, der uns einen Koffer ins Hotel schmuggelte – und sich dazu. August Böök besorgte die Fahrkarten, August Böök machte die Weihnachtseinkäufe, und August Böök war es, der am Morgen des Weihnachtstages – es war aber erst vier Uhr und tiefe, rabenschwarze Dunkelheit – auf dem Schuppendach erschien und sagte: »So, Chef, jetzt wäre es soweit. Ich habe eine Leiter für Sie angesetzt, Chefin. Lütte, du wirst auf Onkel Bööks Rücken reiten, magst du das? Geben Sie mir man den Koffer, Chef. Bis die Mücke angezogen ist, habe ich ihn schon auf der Straße ...«

Ehe es aber soweit war, gab es noch einen höchst dramatischen Augenblick, als Herr Matz mit unaufschiebbarer Post noch spät in unser Zimmer eindrang – und August Böök war darin! Ich sehe mich, anscheinend tief beschäftigt über die Briefe gebeugt und dabei angstvoll nach dem Riegel mit den Bademänteln schielend: Einer dieser Bademäntel verbarg höchst unvollkommen unseren Verschwörer Böök –!

Plötzlich erstarre ich, denn ich sehe unter dem Saum eines Bademantels die blauen Matrosenhosen August Bööks mit sehr schmutzigen Schuhen darunter! Ich verwickle Herrn Matz in ein abruptes Gespräch und telefoniere zu Karla mit Händen und Augen einen dringenden, kläglichen SOS-Ruf. Herr Matz sieht mich so seltsam an, schließlich stellt sich Karla wirklich schützend vor den Bademantel, und nun merke ich, daß der neue Handkoffer völlig öffentlich halb gepackt dasteht! Obenauf liegt ein rotes Spielzeugauto für die Mücke!

Wenn ich heute daran zurückdenke, so scheint es mir, als könnte ich all dies nur geträumt haben, als könne es unmöglich je wirkliches Leben gewesen sein! Denn genau wie es manchmal in Träumen geschieht, sah Herr Matz nicht, was offen vor Augen lag, ging an Koffer und Bademänteln vorüber und wünschte uns unter der Tür höflichst eine angenehme Nachtruhe und dem Mückchen gute Besserung.

Ja, das Mückchen war auch dabei, und es war bestimmt eine bessere Schauspielerin als seine Eltern. Uns müssen unsere Heimlichkeit und unser schlechtes Gewissen mit flammenden Lettern auf der Stirn geschrieben gewesen sein! Aber – und diese Erinnerung ist noch heute eine meiner angenehmsten – statt daß unser Heimlichtun unsere Wächter entrüstete, machte es sie nur unruhig, unsicher, dienstbeflissener!

Noch nie war die mürrische Kiesow so eifrig und höflich gewesen wie an diesem Tag. Gnädige Frau hinten und gnädige Frau vorn. Was kann ich für die gnädige Frau noch tun? – Herr Schreyvogel haben ja so recht! So ging es vom Morgen bis in die Nacht. Der dunkle, welterfahrene Herr Matz bekam etwas melancholisch Sinnendes, wenn er mich betrachtete, vielleicht spürte er, ohne es noch begründen zu können, daß der goldene Vogel seine Schwingen hob, um fortzufliegen. (Und tatsächlich endete ja, wie sich später herausstellte, seine Tätigkeit für mich mit diesem Tage.) Von sich aus machte er plötzlich – aus düsterem Brüten heraus – die Bemerkung, daß Hutaps Radebuscher Palasthotel nur eine Mottenkiste sei und Justizrat Steppe gar zu sehr Nußknacker ...

Ich hatte noch nie derartig Revolutionäres aus dem Munde des stets cutgewandeten Herrn Matz gehört. Aber jetzt war es freilich zu spät für Bündnis und Mitverschwörung – der Sklave hatte schon seine eigene Revolution begonnen!

Sogar Justitiar Steppe, der Aktenstaubgesättigte, der Verkalkte, der Nußknackerhafte, merkte etwas, wurde hellhörig, argwöhnisch – und entgegenkommend. Ich sehe ihn noch vor mir, klein, füchsisch, rastlos die dürren, altersfleckigen Hände reibend, wie er mir noch einmal die Lage beim Steueramt kurz präzisierte, die Unannehmbarkeit der Vorschläge jener Herren bewies und, plötzlich kurz abbrechend, noch um eine letzte Frist von einer Woche bat, in der er die Streitigkeit bestimmt zum Abschluß bringen würde.

»Ich handle ja nur in Ihrem Interesse, mein lieber, mein verehrter junger Herr Schreyvogel. Aber ich sehe ein, Sie können nicht länger in dieser Lage verharren, sie ist platterdings unerträglich. Nur noch eine Woche Frist geben Sie mir –!«

Vage erwiderte ich, daß diese Unerträglichkeit schon viel zu lange gedauert habe, ich müßte mir meine Entschließung vorbehalten. (Den Brief an das Steueramt, mit dem ich die unannehmbaren Vorschläge annahm, trug ich da schon bei mir in der Tasche.)

Statt mich zu einem Ja zu nötigen, wie er es sonst in aller Hartnäckigkeit getan hätte, zog Justizrat Steppe einen Scheck aus der Tasche, einen Scheck über eintausend Mark! Plötzlich hatte er wieder Geld für mich, plötzlich wollte er den Vogel lieber füttern als ihn fliegen lassen!

Ich sehe noch den Ausdruck völliger Verwirrung auf seinem Gesicht, als ich den Scheck zurückwies: Ich sei nicht verlegen um Geld. Er verstand die Welt nicht mehr, mich nicht mehr, sich nicht mehr. Ich habe den mit allen Wassern gewaschenen Juristen nie so verlegen gesehen. Sein Abgang glich der Flucht eines auf das Haupt geschlagenen Feldherrn haargenau. Wie Herr Matz muß er gespürt haben, daß seine Zeit vorbei war. Er hatte seinen Gefangenen in zu erbarmungsloser Haft gehalten.

Karla und ich, wir ahnten es ja damals noch nicht, daß unser nur auf ein paar Tage berechneter Weihnachtsausflug der Weg in die »Freiheit« war. Für uns war er erst einmal ein wunderbar spannendes Abenteuer, wie man es sonst nur in Büchern liest. Wir hätten nie gedacht, daß wir selbst so etwas erleben könnten. Fiebernd und glücklich vertrauten wir uns August Böök an. Der bekam sogar, als bester Freund, den gemeinen Brief aus Breslau zu lesen.

Er las ihn, legte ihn still, mit einem beredten Blick von Karla zur Mücke, auf den Tisch zurück und holte ein sehr schmieriges, eselohriges Notizbuch aus der Tasche, in dem er eifrig zu kritzeln anfing.

Dann schob er wieder das Gummiband über das Notizbuch, und nun endlich sagte er: »Ich hab mir die Adresse von dem Bruder aufgeschrieben. Sobald ich nach Breslau komme, bezieht der seine Wucht!«

Dieser Satz enthielt ebensoviel gesunden Menschenverstand wie wirklichen Trost. Von dieser Stunde an war der häßliche Brief für Karla erledigt. Sie wußte, August Böök würde Wort halten, und damit war es, als sei die Wucht schon verpaßt! Man mußte keinen hilflosen Zorn mehr gegen das Breslauer Ekel empfinden!

Und so, wie August Böök diesen häßlichen Fall auf die natürlichste und selbstverständlichste Art von der Welt erledigt hatte, so bewerkstelligte er auch unsere Flucht über das Schuppendach der Palasthotelpferde, als sei dies der allgemein übliche Weg, zu einem friedlichen Weihnachtsfest zu gelangen.

Karla knüpfte noch an Mückes Schuhbändern, da hatte er den Koffer schon fortgeschafft und war wieder zurück.

»Lassen Sie sich bloß Zeit, Chefin«, sagte er tröstend und hatte natürlich gesehen, daß ihre Finger ein bißchen verwirrt waren, ja geradezu zitterten. »Immer mit der Ruhe! Wir haben noch einen ganzen Haufen Zeit!«

»Ich weiß, Herr Böök«, sagte Karla und überließ ihm ohne weiteres das Verschnüren der Schuhe. »Ich bin auch nicht aufgeregt. Nur, es kommt mir alles so komisch vor. Als erlebte ich es gar nicht richtig. Als könnte es nicht wahr sein, daß wir ausreißen, bloß um Weihnachten zu feiern.«

Der August Böök warf der Karla einen raschen, dunklen Blick aus seinen von Fältchen umwitterten Augen zu. »Das *ist* auch komisch, Chefin«, sagte er dann. »Da haben Sie ganz recht. Bloß, wenn Sie mal richtig bedenken, daß es in hundert Jahren ganz egal ist, wie wir's gehabt und gemacht haben, so ist schließlich alles komisch, auch Ihr früheres Weihnachten in der Mansarde mit der Oma Böök.«

Er nickte zur Bestätigung nachdrücklich mit dem Kopf, daß der goldene Ring im linken Ohrläppchen leise schaukelte. Der Karla sah ich an, daß sie seine Auffassung unserer *früheren* Weihnachtsfeiern nicht unwidersprochen hinnehmen wollte. Aber die Mücke war fertig, sie fragte geheimnisvoll flüsternd, ob es nun zum Weihnachtsmann gehe, und so kam es zu keiner Debatte.

Huckepack auf dem Rücken Onkel Bööks ritt sie die Leiter hinab, Karla folgte. Ich stand noch im Zimmer, legte den Brief an Justizrat Steppe, der ihn von unserem Weihnachtsurlaub an unbekanntem Ort benachrichtigte, auf den Tisch.

Dann schloß ich die Tür zum Gang auf und sah den öden Hotelkorridor hinauf und hinunter. Das Nachtlicht brannte, es war alles still ... Es kam mir so seltsam vor, daß ich es war, Max Schreyvogel, der mit Weib und Kind unter Zurücklassung einer völlig unbezahlten Rechnung aus diesem Hotel floh ... Auch mir kam es komisch vor, aber eher traurig komisch. Oder, wie sie es bei manchen Theaterstücken nennen: tragikomisch. Was ja auch nichts anderes heißt, als daß die, die es sehen und hören (oder lesen), es recht komisch finden, während denen, die es erleben, recht traurig zumute ist ...

Der trübe Hotelgang mit seinem roten Läufer kam mir einen Augenblick lang wie der Gang eines ins Wasser versunkenen Schiffes vor, hinter den stillen, grauen Türen schliefen die Ertrunkenen ihren ewigen Schlaf, und ich stand wie mein eigenes Gespenst hier, sah all die Türen an und wußte nicht mehr, hinter welcher denn mein Leib schlief, fand nicht zurück zu mir ...

Eine tiefe Traurigkeit, die das übereifrige, leere Getriebe der letzten Wochen nur übertäubt hatte, stieg urplötzlich in mir hoch. Sie war, plötzlich wußte ich es, schon immer in mir gewesen. Tägliche Arbeit, der liebe schöne Alltag hatten sie am Boden gehalten. Aber in der jüngsten Zeit war sie groß geworden, sie stieg auf, hüllte alles in mir ein – bitter, trostlos bitter, öde, staubig fühlte ich die Fragwürdigkeit nicht nur meines, nein, allen Daseins …

Eine Hand rührte an meine Schulter, mein Auge begegnete dem Blick von August Böök.

»Kommen Sie man, Chef«, flüsterte er. »Die junge Frau macht sich sonst Gedanken.«

Er löschte hinter mir das Licht, half mir über Dach und Leiter. Einen Augenblick zögerte er, ob wir die Leiter wieder an ihren früheren Platz setzen sollten.

»Was meinen Sie, Chef? Aber schlauer ist's schon, wir lassen sie stehen. Je weniger sie's morgen früh vertuschen können, um so eher werden sie sich in Zukunft in acht nehmen!«

Mir war es recht, ich hatte keine Lust, länger darüber nachzudenken. Wir fanden Karla und Mücke, die sich am dunklen Schaufenster eines süßen Ladens die Nasen breit drückten, um etwas von den Weihnachtsmännern zu sehen zu bekommen.

Nun gehen wir also wirklich, ganz unbewacht und unbewundert, morgens kurz vor fünf Uhr, durch die stillen Straßen unserer Heimatstadt Radebusch. Höchstens jede fünfte Gaslaterne brennt, die Häuser sind alle noch dunkel. Es ist vierundzwanzigster Dezember – heute abend ist das Weihnachtsfest: Ehe der letzte große Sturmlauf der Abendvorbereitungen beginnt, schlafen die Menschen alle noch einmal besonders fest. Sogar die Kinder machen davon keine Ausnahme, die doch nichts vorzubereiten, sondern sich nur zu freuen haben und ohne deren Freude alle Vorbereitungen sinnlos sind …

Wir haben die Mücke zwischen uns, sie trippelt eilig einher. Wir spüren es an ihren zappligen Händen, wie sie voll hundert Fragen steckt, aber noch schweigt sie, denn der Bann der Verschwörung liegt auf uns.

Vor uns geht August Böök. Er hat sich den schweren Koffer auf die Achsel gesetzt, er trägt ihn wie ein richtiger Gepäckträger. Sein Schritt ist leise und leicht, die Matrosenhosen flattern ein wenig über seinen Schuhen.

Karla flüstert mir zu: »Gleich heute nachmittag werde ich seinen Pullover waschen, er ist wirklich eher schwarz als weiß.« – Und erschrocken: »O Gott! Nun haben wir an alles gedacht, und nicht an ein Geschenk für den August! Das ist aber gar nicht recht von uns!«

August Böök, der mit seinen Fuchsohren natürlich alles gehört hat, dreht sich um und sagt tröstend: »Geht in Ordnung, Chefin. Ich habe mir was Schönes besorgt, das Sie mir schenken können. Und den Pulli wasche ich auch, habe bloß noch keine Waschgelegenheit gehabt!«

Wir hatten, beim Pläneschmieden, immer Angst gehabt, es würden uns Leute treffen und erkennen. Jetzt, beim Bahnhof, tauchten wirklich einige auf, aber sie hatten es alle so eilig, und der Morgen war so fröstelig, daß sie gar nicht auf uns achteten. Trotzdem führten wir unser Programm genau wie vorgesehen durch. Wir gingen nicht in die Halle, wir kauften keine Fahrkarten, das erledigte alles der August Böök.

Und nun trennten wir uns. Zuerst ging Karla mit der kleinen Mücke durch die Sperre, um in einen Wagen zweiter Klasse zu steigen – und mir tat es nur leid, daß ich bei dieser ersten Fahrt, in einem so vornehmen Abteil, nicht dabei sein konnte. Aber August und ich, wir fuhren eben zweimal zweiter, gleich vierter, so war es geplant, um unsere Verfolger irrezuführen, und so wurde es auch ausgeführt. Ich zog den Hut finster tief in die Stirne und schob mich mit fortgehaltenem Gesicht an dem Billettknipser vorbei. Freilich fuhr ich gleich schreckhaft herum, als er mir nachrief: »He, Sie! Ja, Sie beide – in Flötau umsteigen! Nicht vergessen!«

»Weiß ich ja«, murmelte ich verdrossen, weil er nun doch mein Gesicht gesehen hatte, und ich malte mir aus, wie der eifrige Fiete vielleicht heute mittag schon nach uns stöbern würde …

In dem Wagen vierter saßen nur zwei, eine Bauernfrau und ein Arbeiter, jedes in eine Ecke gedrückt, beim Einschlafen. In die dritte Ecke setzte sich August Böök, murmelte etwas von einem Auge von Schlaf und war auch weg. Ich lehnte lange, nach dem Wagen zweiter Güte spähend, aus dem Fenster, bis die Bauersfrau über Kälte murrte und das Schließen forderte. Dann suchte ich in meinen Taschen nach den natürlich vergessenen Zigaretten, bis ich den Brief an das Steueramt fand.

Ich schoß aus dem Wagen. »Halt!« rief der Vorsteher. »Der Zug fährt jetzt!«

Aber die Annahmeerklärung mußte fort, sonst wurde es doch kein richtiges Weihnachtsfest. Ich schoß durch Sperre und Halle, der Briefkasten war außen vor der Bahnhofstür. Während ich lief, überlegte ich, daß der Zug bei meiner Rückkunft fort sein würde, daß ich den Brief ebensogut auch in Flötau hätte einstecken können, daß ich mich bis zum nächsten, bis zum Zwölf-Uhr-Zug unmöglich ohne Entdeckung auf dem Bahnhof würde herumdrücken können …

Dann fiel die Briefklappe über dem Brief. Ich raste zurück. Der Knipser schrie mich so grob an, wie wohl noch nie ein richtiger Millionär angeschrien worden ist, der Vorsteher war noch gröber … Ich stolperte in mein Abteil, die schliefen, einschließlich August Böök … Die Lokomotive zog an, ratternd, stuckernd setzte sich der Zug in Bewegung, klapperte über die Weichen – und nun ging es schon immer klarer und schneller: Rattatta, rattatta, ratt, ratt, ratt …

Erleichtert aufatmend lehnte ich mich in meine Ecke. Nun fuhren wir wirklich unserem Weihnachtsfest entgegen, und die Erbschaft war reguliert! Zum Zuggeräusch sang ich bei mir: Die Preußen haben Paris genommen, jetzt werden bald bessere Zeiten kommen!

Sang es lange, immer leiser, immer verschwommener, bis auch ich hinübergedrusselt war, genau wie die anderen Schläfer.

Es weckte mich aber ein ungeduldiges Ziehen an meiner Nase. Die Mücke kniff und zog mich wach mit dem Ruf: »Papa, es schneit! Papa, sieh doch, es schneit! – Papa, heute ist Weihnachten, und es schneit! – Nun mach doch, Papa, und wach auf! Es schneit ja –!«

»Wo kommt ihr denn her?« fragte ich höchst ungnädig und sah verschlafen um mich. »Sind wir denn schon in Flötau? Ihr solltet doch …«

Im Wagen vierter Klasse »Für Reisende mit Traglasten« war ein graues, fahles Dämmern. Die Mitfahrer schliefen noch, auch der August, trotz des Jubelgeschreis der Mücke – oder sie taten doch so. In die Eisschicht des Fensters hatte Mückchen einen Ausguck gehaucht und sah hinaus.

»Es schneit aber wirklich, Papa! Sieh doch mal!«

»Großartig, Mückchen«, sagte ich, und zu Karla: »Wieso seid ihr denn jetzt hier? Wir wollten uns doch gar nicht kennen.«

Es stellte sich heraus, daß Mückchen von der ersten Flocke an nicht zu halten gewesen war, sie mußte dem Vater den Weihnachtsschnee melden. »Gewiß hat uns keiner gesehen beim Umsteigen. Es war ganz dunkel, und wir haben so schnell gemacht!«

»Aber wenn die dahinterkommen …!«

Ich war für genaueste Durchführung unseres Vorsichtsprogramms – bei den anderen, so viel leichtsinnige Fehler ich auch selbst auf dem Radebuscher Bahnhof begangen hatte. Aber schließlich, als ich erst richtig wach geworden war und mit Mücke den Schneeflockentanz gebührend bewundert hatte, lenkte ich ein: »Na also schön, Karla. Es wird alles wohl gut gehen. Ich meine ja bloß … Dir wäre es doch am allerunangenehmsten, wenn morgen schon der Fiete auftauchte. Und Justizrat Steppe. Und Herr Matz. Und die Kiesow …«

»Schweig stille, Max!« bat mich Karla und gab mir zum Zeichen, wie sehr sie unser Alleinsein schätzte, einen richtigen Kuß, nicht so einen der in letzter Zeit üblichen Ehestandsküsse.

Darauf schwieg ich gerne still, und nun saßen wir beieinander, sahen auf die drei Schläfer, antworteten der Mücke, und langsam wurde es, während wir Flötau entgegenrollten, heller und hell im Abteil, bis der Schaffner kam, das Licht löschte und die Fahrkarten zu sehen verlangte.

Der Schaffner aber, dem es doch ganz gleichgültig hätte sein können, war gar nicht einverstanden, daß ein Fahrgast der zweiten in die vierte Klasse übergesiedelt war. Er wollte von der Karla wissen, wieso denn, was denn dem Frauenabteil gefehlt habe? Und Karla hatte es mit der Begründung nicht leicht, denn mich durfte sie nach unserem Programm nicht angeben, und wir waren ja auch beim Eintritt des Schaffners schön fern und fremd auseinandergerückt.

Als Karla den Mann, der sich am meisten über das nutzlose Geldausgeben ärgerte, endlich fast durch die Behauptung beruhigt hatte, die Kleine habe mehr Spielraum haben müssen, verdarb die Mücke wieder alles. Denn sie stellte sich an meine Knie und nannte mich ihren lieben Papa, es gefiel ihr nämlich gar nicht, daß ihre Mutter so fremd mit mir tat, sie meinte wohl, wir hätten uns gezankt.

»So, ist das dein Papa, Kleine?« fragte der Schaffner gleich und sah von mir zu Karla, die sich glutrot angesteckt hatte, und dann verlangte er noch einmal, meine Fahrkarte zu sehen.

Es war richtig eine graue Fahrkarte vierter Klasse, und die Mama fuhr also zweiter Klasse, stieg dann aber in die vierte um. Ich sah es ihm an, wie sein Hirn an der Lösung dieses unbegreiflichen Rätsels kaute, er sah finster auf uns, Hilfe suchend nach der Bauersfrau und dem Arbeiter, die jetzt mit sehr wachen Augen auch auf uns starrten. Ich hätte ihm gern des Rätsels Lösung gesagt und konnte es doch nicht, weil ich ihm dann gewissermaßen unsere ganze Lebensgeschichte hätte erzählen müssen.

Grenzenlos verlegen waren wir, und diesmal half uns auch der August Böök nicht, sondern schlief. Die Verbrecher in den Kriminalromanen müssen sehr viel schlauer sein als wir, dachte ich noch. Und: Wenn der Fiete an diesen Schaffner gerät, sind wir gleich geschnappt. Und: Zum Schwindeln haben wir jedenfalls nicht sehr viel Talent …

»In Flötau umsteigen!« sagte der Schaffner zornig und ging. Wir aber saßen geknickt auf unseren harten Holzbänken und wagten nicht, einander anzusehen, und nicht, zusammenzurücken, weil immer noch Bäuerin und Arbeiter guckten. Aber harmlos lief die Mücke mit Mummi- und Paparufen zwischen uns hin und her und machte, daß wir uns noch dämlicher fühlten, als wir uns benommen hatten.

Aber schließlich kam Flötau. Unter den mißtrauischen Augen des Schaffners stiegen wir um. Da aber nun doch alles verdorben war, blieben wir im Bimmelbähnchen alle beieinander, und hier war der Schaffner ein menschenfreundlicher Mann, der es ohne viel Fragen verstand, daß die Leute lieber gesellig beieinander hockten, statt gelangweilt für sich zu reisen.

An unsere fast dreistündige Winterwanderung durch den sachte immer mehr einschneienden Winterwald werden wir wohl zeitlebens denken, die Karla und ich, so schön war sie. Manchmal schwätzten wir miteinander, mit der Mücke, mit dem August Böök – von allem, was uns in den Kopf kam, bloß nicht von Geld und Geldsorgen und auch nicht von Justizräten und Steuern. Sondern meistens von Weihnachten, und von recht ungewöhnlichen Weihnachtsfeiern mit vielerlei Getier und mannigfaltigen Menschen wußte der August uns zu erzählen …

Noch öfter aber schwiegen wir, sachte fiel der Schnee um uns. Wir gingen immer tiefer in die großen, schweigenden Wälder hinein, aus unserem öden Palastdasein hinaus. Die Luft war so rein und klar, daß wir sie wie einen stärkenden Wohlgeschmack in Mund und Lunge fühlten. Manchmal befreite sich ein großer Tannenast von seiner stets wachsenden Last und stäubte uns lockeren Schnee auf Gesicht, Hände und in den Nacken.

Dann schüttelten wir uns lachend, vor lauter Daseinswonne warf sich die Mücke in den Schnee, wälzte sich und kreischte vor Lust. Der August Böök setzte den Koffer ab, faßte lachend die Mücke an beiden Füßen und ließ sie schlittenfahren. Karla und ich bekamen darüber auch das Rangeln, jedes hätte das andere gerne im Schnee liegen sehen und wäre vergnügt mit ihm schlittengefahren …

Wir rangen miteinander, und keines wollte nachgeben, und allmählich wurde aus dem Ringen ein Umarmen, und als wir in den Schnee fielen, fielen wir beide willig, und der Kuß, den wir uns gaben, war so verliebt wie seit vielen Wochen nicht! Richtig jung und lebenslustig wurden wir wieder, nach der Ödnis vergangener Wochen flammte die Freude wieder auf, wieder wurden wir die jungen Leute, die jungen Schreyvogels, die jungen Schreievögel – ohne Geld, aber vergnügt.

Dann sahen wir alle ein, daß wir auf diese Art nie nach Langleide kommen würden, alle bis auf die Mücke. Die aber ließ ich auf meinen Schultern reiten, und nun kamen wir mindestens fünf Minuten lang rasch voran, bis wir auf ein Hasenlager stießen. Oder Karla ausrutschte und hinfiel. Oder die Mücke anfing, aus lauter Langerweile den Schnee von allen Ästen, die sie fassen konnte, auf mich und sich herabzustäuben. Bis es also wieder einen neuen vergnügten Aufenthalt gab …

Aber, wie schon gesagt, in etwa drei Stunden schafften wir es doch nach Langleide. Wir klopften uns vor der Tür zum Gasthof Stadt Radebusch den Schnee von Kleidern und Füßen und traten lachend in die Gaststube ein.

Dort waren sie, fünf Weibsen und ein Mann, gerade beim Schweineschlachten, und sie sagten es uns gleich, daß sie heute mit ihren drei Schweinen ohne Gäste schon zuviel zu tun hätten, und was das Nachtlogis anlange, so hingen im einzigen Fremdenzimmer die Mett- und Salamiwürste zum Trocknen, und welcher ordentliche Mensch es denn mache, gerade zum Weihnachtsfest anderen ordentlichen Menschen unangemeldet ins Haus zu schneien?! Zum Fest bliebe ein jeder ordentliche Mensch daheim!

Worauf wir gebeten wurden, die Tür wieder zuzumachen, aber von außen!

Wir taten es betrübt und standen also wieder auf der Langleider Dorfstraße. Gleich fragte die Mücke: »Gibt es nun kein Weihnachten?« Und schickte sich an zu weinen.

Ich übergehe die völlig nutzlosen Vorwürfe, die sich das Ehepaar Schreyvogel machte, weil keines von beiden daran gedacht hatte, ein Weihnachtsquartier zu bestellen. Sondern ich fange erst da wieder an zu erzählen, als der August seinen braunschwarzen Prim wortlos in den weißen Schnee spuckte, den Koffer schulterte, die Mücke bei der Hand nahm und, ohne auf uns zu achten, abmarschierte, tiefer ins Dorf hinein ...

Wir unterbrachen den Streit, starrten dem August nach, dann uns an, fingen an zu lachen und gingen hinter dem Weisen drein, neugierig, was er nun wohl tun würde, und voller Vertrauen, er werde schon das Rechte finden.

Wir wurden nicht weiter geführt als nur etwa hundertfünfzig Schritt, worauf der August unter einem Vordächlein durch in eine schwarze Höhle trat, in der aber roter Feuerschein war und Kling-Klang tönte: also in die Dorfschmiede. Der Schmied, ein rußiger kleiner, aber drahtiger Mann, ließ uns gerne am Feuer stehen, hatte aber noch keine Zeit für Fragen und Auskünfte, weil ein Pferd auf seine neuen Schuhe wartete.

Wir sahen ihm alle gerne zu, am liebsten aber die Mücke, wie die Luft aus dem Blasebalg in das Kohlenhäufchen fuhr und es immer heller glühen machte, wie das fast weiß erhitzte Eisen mit der Zange herausgehoben und mit der hornharten Hand auf Hitze geprüft wurde. Schon tanzten von Meister und Gesellen die Hämmer, das Eisen zischte im Wasser – ach, es verging uns eine halbe Stunde wie nichts! So friedlich saßen wir da, und hätte uns das Kullern in unseren Mägen nicht gemahnt, daß wir ohne alles Frühstück nun schon fast sieben Stunden unterwegs waren und daß es auf Mittag ging, wir hätten gerne immer weiter so gesessen und der Arbeit zugeschaut.

So aber waren wir ganz zufrieden, als der Meister schließlich, den Ruß auf der schweißigen Stirne noch besser verreibend, zu uns trat mit den Worten: »Heiß ist's! – Was soll es denn sein, junge Leute? Ein Paar Hufeisen unter die Schuhe vom kleinen Fräulein? Oder ein paar neue Miederstangen für die junge Frau?«

Und er hob, mit weißen Zähnen aus seinem schwarzen Gesicht lachend, ein schweres Stück Rundeisen gegen die Karla.

Darauf wurde uns allen das Reden leichter als im Gasthaus Stadt Radebusch bei den übereifrigen Schweineschlächtern, und bald wußte der Meister, daß wir Hunger hatten, aber kein Nachtquartier und daß wir durchaus in Langleide und nirgends sonst auf der Welt unser Weihnachtsfest feiern wollten.

Das kam ihm freilich ganz närrisch vor, doch August Böök steuerte als unser zukünftiger Chauffeur den Wagen wieder auf die richtige Bahn, indem er listig etwas hinwarf von einer bösen Schwiegermutter, die uns durch unvermuteten Besuch das Fest habe verderben wollen, vor der wir aber heimlich ausgerissen seien …

Wieder bekamen wir die weißen Zähne im schwarzen Gesicht zu sehen. Der Meister war eingefleischter Junggeselle und fand es großartig von uns, den alten Drachen so zu versetzen. Ja, das sähe er ein, kein Christenmensch dürfe uns zu der Alten zurückschicken, gerade an solch einem Tage. Und nun fing er an, alle Leute im Dorf herzuzählen. Erst die kleinen Leute, die uns aber alle nicht aufnehmen konnten. Dann die Bauern, die uns aber alle nicht würden aufnehmen wollen.

Schließlich blieb nur noch der Pastor, der Krämer und der Kantor. Davon wurde der Krämer auch noch ausgeschieden, weil der morgen am ersten Feiertag zu Verwandtschaft über Land fahren wollte …

Der Meister dachte scharf nach und meinte dann, zum Pastor möge lieber die junge Frau allein fragen gehen oder besser noch mit dem Kind an der Hand. Denn Pastors hätten nie Kinder gehabt und seien also kinderlieb. Zum Kantor aber solle der andere Herr gehen, nämlich der August, weil er nämlich ein bißchen fremd aussehe, und Kantors seien alt und hörten darum gerne etwas Neues.

So hatte jeder seinen Auftrag, bloß ich nicht. Aber ich mochte nicht allein in der Schmiede sitzen, und so ging ich zum Krämer, um mir Zigaretten zu kaufen und dabei zu horchen, ob nicht vielleicht doch etwas dort zu machen sei, wenigstens mit Quartier.

Es war aber dort wirklich nichts zu machen, es war nicht einmal ein Wort dort zu reden, denn der ganze Laden stand voller Frauen, die noch rasch ihre letzten Weihnachtseinkäufe mit Lichtern, Sirup, Tannenbaumschmuck, Hefe, Rosinen, Mandeln, Pflastersteinen, Püppchen erledigten.

Ich war froh, als ich wieder aus dem Laden war, ordentlich heiß war mir geworden unter all den Blicken. Und kaum war ich zwanzig Schritte gegangen, so stieß ich auf Karla und Mücke. Sie hatte schon beinahe die Zusage gehabt von der Frau Pastor, als sie sich im Bööksschen Lügengestrüpp von der bösen Schwiegermutter verfangen hatte. Die Frau Pastor hatte gemeint, daß heute abend Friede auf Erden sein solle, und es würde eine rechte Sünde von ihr sein, uns aufzunehmen statt uns sofort heimzuschicken zum Friedensschluß mit der lieben alten Mutter, die nach Art der alten Leute vielleicht wunderlich sei, aber bestimmt nicht böse …

So setzten wir wieder einmal all unsere Hoffnung auf den August Böök, und nicht zu Unrecht. Denn er kam mit der Kunde, daß wir zu Kantors dürften, aber unter der Bedingung, daß wir mit den alten Leuten gemeinsam feiern müßten und daß, wenn die Kleine erst schlafe, ein bißchen erzählt und gespielt werden müßte zur Gesellschaft.

Da sagten wir gerne ja, und fröhlich hielten wir unseren Einzug ins Kantorhaus, gleich neben der Dorfkirche, und das hübscheste, sauberste, vollgestellteste Haus war es, das wir je zu sehen bekommen hatten. Und die freundlichsten, friedlichsten alten Leute waren die Kantorsleute. Kantor Friedemann hießen sie, beide klein und rundlich, mit blühenden Farben.

Die beiden greisen Leute taten recht, als seien wir irgend etwas liebes Anverwandtes, das nach langer Zeit, sehnlichst schon erwartet, zu Besuch gekommen sei. Und es war uns nicht eine Minute so, als seien wir irgendwo in der Fremde. Sondern gleich fing Frau Kantor Friedemann an, von all ihren Kindern und Kindeskindern zu erzählen. Sie hatte nämlich sieben Kinder, alles

Töchter, und sechsundzwanzig Enkelkinder, anderthalb Dutzend Mädchen und zwei drittel Dutzend Jungen, und auch schon wieder fünf Urenkel, alles Jungen … Und es flog nur so heimatlich-behaglich von Fridas und Lenis über den Tisch, von Dresden und Zehdenick und Langenleube, daß einem ganz gemütlich ums Herz wurde …

Der Kantor Friedemann aber versuchte, mich unterdes ein wenig nach Wesen und Art zu erforschen. Aber er war nicht sehr neugierig, sondern als er erfahren hatte, daß wir unser ganzes Leben in der Stadt Radebusch verbracht hatten, fand er, er wisse genug von uns, und berichtete nun von sich. Nämlich, daß er auch nicht viel weiter herumgekommen sei, aber immer den Wunsch gehabt habe, in die Welt hinauszukommen, nach Timbuktu oder Tananarivo oder seinethalben auch nur nach Buenos Aires oder dem Goldenen Tor bei San Franzisco … Er sprach diese fremden Ortsnamen aber mit solcher Ehrfurcht aus, daß ein jeder spürte, wie er all seine Träume an sie gehängt hatte, und daß das Herz des alten Mannes heute noch voll von Fernweh war, wie sonst nur das Herz der Allerjüngsten.

Der August Böök sagte darum nach einer Weile, der Herr Kantor Friedemann stelle sich die Welt wohl ein bißchen anders vor, als sie in Wahrheit sei. Gewiß, er, der August, sei ein wenig herumgekommen und er müsse zugeben, es wären viele schöne Plätze in ihr. Aber schön sei schön, und der Weg eben durch den verschneiten Winterwald nach Langleide sei nicht weniger schön als die schönste Hafeneinfahrt der Welt.

Hier wollte der Kantor schon ein wenig losfahren, als der August lächelte und meinte, von der Schönheit der Natur werde kein Herz allein satt. Dazu brauche es auch noch die Mitmenschen. Und wenn der Mensch auch überall auf der Welt sich ziemlich gleich sei in Haß und Liebe, Gier und Eifersucht, Geiz und Drang zum Gelde, so sei er uns doch mit all seinen Fehlern noch am ehesten im Heimatlande erträglich, während wir uns in der Fremde bei jeder schlimmen Erfahrung gleich verraten und verkauft vorkämen.

Der August sah den Kantor gelassen aus seinem wettergegerbten Gesicht an. Des Kantor Friedemanns löwenartiges Gesicht aber hatte sich zornig gerötet, und er schrie, dies sei eine kaltblütige Fischperspektive, und er wolle lieber hängen, als solch ein Kaltblüter zu werden. Die Erde sei voll der Wunder, und Gott habe diese Wunder darum erschaffen, daß wir sie bewunderten und sie nicht kaltäugig anglotzten wie die Goldfische ihre Umwelt durch die Scheiben eines Aquariums!

Der August antwortete, warum Gott die Welt erschaffen habe, das sei immer noch nicht ganz entschieden, und nur eines sei sicher, in hundert Jahren wisse es doch kein Mensch mehr, ob der Herr Kantor beschwerliche Reisen gemacht oder daheim bei seinem Suppentopf gesessen habe, und so sei beides schließlich gleich viel wert …

O Gott, wie brach mit zornigem Donner und Blitz der Kantor Friedemann über den August Böök her! Die Mücke wußte erst nicht, ob sie weinen oder lachen sollte, entschied sich dann aber doch lieber fürs Lachen.

Was richtig war, denn die Frau Kantorin sagte gelassen, ihr Mann sei immer so, und wenn er nicht brüllen könne, werde er krank, er meine es gut …

Aber wir hörten nicht mehr zu. Wir zogen die übermüdete Mücke vom abgegessenen Tisch hoch und gingen mit ihr hinauf in das Mädchenzimmer am Giebel, wo alle Töchter der Kantorin gewohnt hatten und jede mit Bildchen oder Nähkörbchen oder Tanzfächern ein Andenken ihres Lebens zurückgelassen hatte.

Wir legten das Kind ins Bett, versprachen ihm noch fürs Einschlafen den August und gingen hinunter, abzuräumen, aufzuwaschen und den Baum anzuputzen. Der Streit zwischen den beiden Männern hatte sich unterdes beruhigt. Der Kantor erzählte von seinen Bienen und der August von afrikanischen Termiten, entging aber gerne der bohrenden Fragelust seines Gesprächspartners und wurde der Mücke Sandmann.

Die Frauen wollten uns, nachdem wir ihnen den Baum hereingeholt und mit einem festen Fuß versehen hatten, nicht mehr zur Hilfe haben. So gingen wir hinüber ins Arbeitszimmer des Kantors, und er holte aus einem verschlossenen Fach seines fichtenen Schreibtisches alte Hefte seiner Schüler und berichtete mir, wie der eine, der diesen Aufsatz über das Pferd geschrieben, seit über dreißig Jahren in der Stadt Savannah im Staate Georgia lebe, seit dreizehn Jahren aber nicht mehr in sein Heimatdorf geschrieben habe.

Er zeigte mir das Heft eines anderen Schülers, dem er Latein beigebracht hatte. »Und ich konnte es doch selbst nicht; jede Nacht lernte ich voraus, was er am nächsten Tage zu lernen hatte!«

Der Schüler war etwas geworden, er war ein großer Arzt geworden, und alle Neujahr dachte er noch seines alten Dorflehrers mit einem freundlichen Gruß und einem Kistchen kostbarer Zigarren. Er würde mir gern eine zu schmecken geben, aber es seien immer gerade fünfzig, und er verteile sie so über das ganze Jahr, daß er die letzte heute nach der Bescherung rauchen werde. Wenn ich freilich zu Neujahr bei der frischen Kistenankunft noch im Hause wäre, könnte Rat werden.

Der alte Mann war plötzlich ganz friedlich geworden in seinem behäbigen Schreibstuhl. Er gähnte ein wenig und meinte, er wolle rasch noch ein Auge Schlaf nehmen. Es werde heute wohl später werden, Christgottesdienst sei um acht. Ich solle mich nur in eine Sofaecke setzen und auch ein bißchen schnurkeln …

Ich tat's nicht, sondern ging hinauf in die Schlafstube der kleinen Mücke. Sie schlief noch, und der August Böök war fortgegangen. Eine Weile sah ich tatenlos die Wände mit den Bildchen und Fächern an, dann stieg ich wieder hinunter. Aber die Frauen wollten mich nicht einlassen in das Bescherungszimmer, und nur die Karla kam schnell einmal heraus, lehnte sich an mich und sagte: »Ist's hier nicht schön und friedlich? So müßten wir's immer haben!«

Sie gab mir einen Kuß auf den Mund und sagte: »Schau nicht gelangweilt drein, Max. Geh ein bißchen an die frische Luft und laß dich durchfrieren!«

Das tat ich denn auch, aber es dauerte eine ganze

Weile, bis die Winterkälte das Gefühl von Karlas Kuß auf meinen Lippen gelöscht hatte. Es war richtig, als säße dort etwas Lebendiges, das einen bis ins Herz hinein warm machte.

Als ich nach einer Stunde ziellosen Herumschlenderns durch das Dorf wieder nach Haus kam, schlief der Kantor Friedemann immer noch und war die Weihnachtsstube immer noch gesperrt. Aber oben war der August dabei, die Mücke anzuziehen, und er hatte ihr etwas ganz Besonderes versprochen, eine Überraschung, draußen im Walde vorm Dorf, um ihr das Warten auf die Bescherung zu erleichtern.

Ich durfte mit den beiden gehen, wir traten hinaus in die schon tiefer sinkende Dämmerung und gingen durch den hohen losen Schnee zwischen Gärten, dem dunkel schweigenden Waldrand zu. Es hatte aufgehört zu schneien, langsam erschien ein Stern nach dem anderen am Himmel. Der August Böök kannte sie alle bei Namen und nannte sie der Mücke mit derselben stillen Feierlichkeit, wie der Kantor Friedemann seine fremdländischen Ortsnamen Tananarivo und Buenos Aires genannt hatte: Wega und Deneb, Beteigeuze und Aldebaran. Und die Mücke wurde es nicht müde, empor zu sehen und sich die Namen immer wieder nennen zu lassen.

Dann löschten die Wipfel des Hochwaldes die Sterne aus, und wir gingen im tiefen Dämmern. Nur der Schnee leuchtete geheimnisvoll. Eine Weile hörten wir noch die Abendgeräusche des Dorfes mit Eimerklappern und raschen Rufen, mit dem Schnipp-Schnapp einer Häckselmaschine. Dann plötzlich war alles still um uns, so still, daß sogar der Mücke Mäulchen stehenblieb. Ihre Finger schlossen sich ganz fest um meine, ganz leise knirschte der Schnee unter unseren Schuhen, sonst nichts.

Als wir ein Weilchen so gegangen waren, bat uns der August, stille zu stehen und zu warten. Er verschwand, als habe er sich aufgelöst in Schnee, Dunkelheit und Wald. Ich nahm die Mücke auf meinen Arm, ihr Gesichtchen lehnte an dem meinen, und kitzelnd fragte sie mich ins Ohr, ob ich wohl wisse, was das für eine Überraschung sein würde? Aber ich konnte es ihr auch nicht sagen.

Dann plötzlich war der August wieder bei uns. Ich mußte die Mücke weitertragen, aber so, daß ihr Gesicht zurück sah, und so stiegen wir einen ziemlich steilen Hügel hinauf.

»Wohin führen Sie uns denn?« fragte ich schließlich ziemlich keuchend.

»Zum Hasen-Weihnachten«, antwortete August, es klang aber ganz weit weg.

»Machen Sie doch keine Witze, Böök!« rief ich. »Die Mücke ängstigt sich ja!«

Aber die Mücke ängstigte sich gar nicht, sondern es war die Vorfreude, die ihr Herz pochen machte. Und jetzt rief sie laut: »Oh, sieh doch, Papa, sieh doch: ein Weihnachtsbaum!«

Und auch ich sah, und auch ich fand es schön!

Denn nun waren wir, auf der Höhe des Hügels, aus

dem dunkeln Hochwald getreten. Die andere Seite des Hügels hinab lief eine Tannenschonung, alles junge Bäumchen, und einen von ihnen, der ein wenig größer war als die anderen und der ein wenig freier stand, hatte der August Böök, wohl am Nachmittag schon, von oben bis unten mit Kerzen besteckt, die er eben angezündet hatte.

Da stand der kleine Baum in der großen weiten Nacht und funkelte mit vielen freundlichen Lichtern. Die weißen Schneeflocken auf den Zweigen strahlten wie Silber, kein Lüftchen regte sich in dem tiefen Schweigen. Unbewegt brannten die kleinen Flammen empor zum großen dunklen Gewölbe der Nacht, an dem tausend andere kleine Funkellichter brannten.

»Das haben Sie aber schön gemacht, Herr Böök!« rief ich. Und gleich hinterdrein: »Wie schade, daß die Karla nicht dabei ist. Die hätte das sehen müssen!«

»Hat das denn der Onkel Böök gemacht?« fragte die Mücke gleich. »Ist das nicht das Hasen-Weihnachten?«

Und der alte Weltenbummler Böök sagte: »Sie können ja noch einmal heute abend mit Ihrer Frau hinausgehen.« Und zur Mücke: »Natürlich ist das der Weihnachtsbaum für die Hasen, Mücke. – Jetzt müssen wir aber wieder gehen, sonst kommen die Häschen nicht.«

»Einen Augenblick noch!« baten Tochter und Vater.

So standen wir denn noch ein Weilchen und sahen die Waldlichter brennen. Ich dachte daran, daß sie jetzt wohl auch im großen Speisesaal von Hutaps Palasthotel die Kerzen am Weihnachtsbaum angebrannt hatten und daß sie da stehen würden in Fräcken und ausgeschnittenen

Abendkleidern. Und wenn ich uns unter diesen Feiergästen vorstellte, so wußte ich, nicht dahin gehörten wir, nicht da lag unser Glück.

Es war nicht feige Weltfremdheit, keine schwärmerische Suche nach einem Idyll, sondern es war dies, daß man so leben muß, wie man gewachsen ist. Unsere Glieder und unsere Köpfe und vor allem unsere Herzen waren nicht für Abendkleid und Frack gewachsen.

Aber an dieser Stelle weigerte sich mein Kopf, weiterzudenken, und wieder einmal meinte ich, daß es mit uns doch eine andere Sache sei und daß ich es – trotz des vielen Geldes! – schon nett für uns einrichten würde und daß es feige wäre, vor einem solchen Glück davonzulaufen.

Schließlich sagte August Böök: »Nun wird's aber Zeit nach Haus, kleine Mücke! Die Mummi wird schon mit der Bescherung warten.«

Wir wanderten wieder hinein in den dunkeln Hochwald, die Mücke und ich, und nach einer Weile holte uns dann der August ein, der noch die Lichter gelöscht hatte (aber ohne daß es die Mücke wußte), und eifriges Raten ging los, ob wohl der Weihnachtsmann unterdes in Hause gewesen sei und was er jedem gebracht habe.

Jawohl, der Weihnachtsmann war unterdes im Haus gewesen, und er hatte uns alle überreich beschenkt. Der gute August Böök, der es verschmähte, sich um Geld zu sorgen und Geld anzusammeln, hatte doch eine große Liebe für die schönen Dinge dieser Erde, und es erwies sich, daß er das Sparbuch der Mücke ohne alle Zurückhaltung geplündert hatte. Die Weihnachtsgeschenke der jungen Schreyvogels waren wirklich millionärshaft, und eine ganze Zeit lang waren die guten Kantorsleute sehr betreten, welch vornehme Leute bei ihnen abgestiegen waren.

Aber nach einer Weile vergaßen sie über Mückes Jubel, Karlas Herzlichkeit und meiner unverstellten Freude die herrliche goldene Taschenuhr – ganz dünn! – für mich, den schönen Topasring für Karla, der so gut zu ihrer bräunlichen Haut stand, die wunderbaren Stofftiere und schreiend lackierten Autos der Mücke, die ja ein Vermögen gekostet haben mußten!

Sie vergaßen's und freuten sich mit uns. Sie merkten ja, daß wir uns nicht alle Tage und auch nicht alle Weihnachten so beschenkten. Wenn die Frau Kantor nun richtig ein bißchen neugierig wurde und gar zu gerne herausbekommen hätte, was für eine Bewandtnis es mit diesem jungen, zur Weihnachtszeit heimatlos umherirrenden, reichen Ehepaar hätte und ihrem seltsamen Begleiter mit goldenem Ohrring und recht schmutzigem Sweater (zum Waschen war Karla doch nicht gekommen), diesem Begleiter, der uns Chef und Chefin nannte, von uns aber wild durcheinander »August« – »Böök« – »Herr Böök « – »Onkel Böök« gerufen wurde …

Wenn da also die gute Frau Friedemann freundlich, aber hartnäckig zu bohren anfing, so ergriff der »Herr Böök« *sein* Weihnachtsgeschenk von uns, ein ungeheures weißes und silbernes Akkordeon mit ich weiß nicht wieviel Tasten, Zügen und Bässen – und spielte und sang ein Lied. Beileibe nicht nur Weihnachtslieder, sondern

Lieder der Matrosen, aus allen Häfen, in vielen Sprachen. Da verlor die Frau Kantor immer wieder die Spur, denn sie mußte protestieren gegen »solche« Lieder am Heiligen Abend. Der Herr Kantor aber fing an zu schreien, jedes Lied sei recht, wenn der Mensch sich nur freue, und ob der Herr Böök nicht ein Lied wisse, wie es die Japaner sängen oder die Leute von Tahiti oder doch wenigstens etwas Spanisches!

Über alledem wurde es nur zu rasch Zeit zum Abendessen, denn der Kantor mußte ja noch in die Kirche zum Orgelspielen, und daß wir da alle mitgingen, war ausgemacht. Wir saßen denn auch alle nebeneinander auf der dunkeln, harten Bank, oben sang die Orgel, und die Mücke sah mit immer größeren Augen in all die vielen Lichtlein, denn jeder Kirchenbesucher hatte sich eines mitgebracht und vor sich festgeklebt. Ich hörte wieder die Worte des Weihnachtsevangeliums, das auch ich als Junge unter dem Tannenbaum hatte sprechen müssen.

Ich hielt die Hand der Karla, der neue ungewohnte Topasring erinnerte mich an den wunderlichen Weg, den ich, der Sohn des ewig Not leidenden Fuhrmanns, bis hierher in die Langleider Dorfkirche gegangen war, und so fremd mir in den langen Jahren der Gottesdienst mit seinen Einrichtungen auch geworden war – so gläubig erhoffte ich doch meinen Frieden auf Erden.

Familienbräuche

In Berlin halten die Weihnachtsbäume zeitig ihren Einzug auf Straßen und Plätzen. Dann fangen wir Kinder an, Vater zu drängen, daß er auch einen Baum besorgt. Zuerst verschanzt sich Vater dahinter, daß das überhaupt nicht seine Sache sei, sondern die des Weihnachtsmanns. Natürlich kommt er damit bei uns nicht mehr durch, selbst Ede glaubt nicht mehr an diese Figur, seit beim letzten Fest Herrn Markuleits, unseres Portiers, Schuhe unter Vaters umgedrehtem Gehpelz erkannt wurden. Nein, Vater soll machen und einen Baum kaufen. Auf dem Winterfeldplatz gab es die schönsten.

Schließlich versprach Vater sich umzusehen, in diesen Tagen habe er aber noch nicht recht Zeit dafür. Doch wir ließen nicht nach mit Drängen. Schließlich ging Vater, und wir alle erwarteten seine Rückkehr mit Spannung. Natürlich kam er leer zurück. Das hatten wir auch nicht anders erwartet, denn Vater kaufte nie etwas sofort. Er erkundigte sich erst überall, wo er es am billigsten bekäme. Aber Vater kam auch recht niedergedrückt heim: Die Weihnachtsbäume waren in diesem Jahre unerschwinglich teuer! Er hatte uns doch recht verstanden, wir wollten wieder einen Baum vom Fußboden bis zur Decke –? Nun also, so etwas hatte er sich schon gedacht, aber solche Bäume gab es nicht unter neun Mark, und mehr als fünf wollte er keinesfalls anlegen ... Wenn wir uns freilich mit einem auf den Tisch gestellten Bäumlein begnügen wollten –?

Wir schrien Protest. Es gelang dem Vater immer wieder, unsere Leidenschaft und unsern Zweifel zu erregen, obwohl sich alljährlich das gleiche Spiel wiederholte. Wir wußten ja, daß Vater wirklich *sehr* sparsam war, es war ja möglich, daß Weihnachtsbäume in diesem Jahre besonders teuer waren.

Von nun an kam Vater fast alltäglich mit neuen Geschichten über Weihnachtsbäume heim. Und diese Geschichten klangen so echt, mit ihren drastischen Berolinismen, daß wir immer sicherer wurden, Vater war wirklich auf der Suche nach einem Tannenbaum, hatte aber noch keinen gefunden.

Er erzählte uns, wie er am Viktoria-Luise-Platz beinahe, beinahe einen herrlichen Baum gekauft hatte, als er im letzten Augenblick merkte, daß die meisten seiner Zweige nicht an ihm gewachsen, sondern in eingebohrte Löcher gesteckt waren. Vater berichtete von windschiefen Tannenbäumen und von solchen, die jetzt schon nadelten, und von krummen Bäumen. Am Bayrischen Platz hatte Vater einen Baum fast schon gekauft, er und der Händler waren nur noch um fünfundzwanzig Pfennige auseinander, da war ein Wagen vorgefahren, eine Damenstimme hatte gerufen: »Den Baum will ich!«, und fast aus Vaters Händen wurde der Baum zum Wagen getragen.

Vater tat sehr geheimnisvoll wegen der Käuferin. Er ließ es für möglich erscheinen, daß es vielleicht eine Prinzessin vom kaiserlichen Hof gewesen sei oder auch eine Hofdame, und er stellte uns vor, daß nun vielleicht des Kronprinzen Kinder mit »unserer Tanne« Weihnachten feierten!

Das versetzte unserer Phantasie einen Schwung, aber es verhalf uns immer noch nicht zu einer Tanne. Und das Fest zog näher und näher. Unser Drängen wurde heftiger. Aber nun wurde Vater plötzlich gleichgültig: er habe diese ewige Lauferei nach Tannenbäumen satt, sie würden auch noch immer teurer. Nein, nun werde er bis zum 24. Dezember warten, wenige Stunden vor dem Heiligen Abend gingen die Händler immer mit ihren Preisen herunter, um den Rest loszuwerden. Freilich riskiere man, daß dann alles fort sei, aber er, Vater, nehme lieber ein solches Risiko in den Kauf, als daß er Wucherpreise zahle.

Wenn Vater so redete, schielte ich immer nach den Fältchen um seine Augen. Sie waren im allgemeinen sichere Anzeiger für Ernst oder Scherz. Aber Vater wußte selbst sehr gut, daß solche Anzeiger in seinem Gesicht saßen, beherrschte oder verbarg sie – kurz, er brachte uns alle in Unsicherheit. Wir suchten die ganze Wohnung ab, wir stiegen auf den Boden und in den Keller, wir fanden keine Tanne, wir verzweifelten.

(Einmal ist es mir bei einer solchen Nachsuche geschehen, daß ich auf Mutters Versteck stieß, in dem sie alle unsere Weihnachtsgeschenke verheimlichte. Ich konnte meiner Neugierde nicht widerstehen und sah sie alle an. Ich habe nie ein kläglicheres, freudloseres Weihnachtsfest als dies erlebt. Ich mußte noch Freude und Überraschung heucheln, und dabei war mir zum Heulen zumute! Von da an habe ich in der Weihnachtszeit meine Augen hartnäckig von jedem Paket, es mochte das harmloseste sein, fortgewendet.)

Also war es ausgemacht und beschlossen, Vater würde den Baum erst wenige Stunden vor der Bescherung kaufen. Wir waren von Angst erfüllt. Mit Kummer sahen wir die Bestände an Weihnachtsbäumen dahinschwinden, wir flehten Vater an, aber Vater schien unerbittlich.

Dafür hatte er ein neues Spiel erfunden, er ließ uns unsere Geschenke raten. Jeder bekam ein Rätsel auf wie dieses: »Es ist rund und aus Holz. Aber es ist auch eckig und aus Metall. Es ist neu und doch über tausend Jahre alt. Es ist leicht und doch schwer. Das bekommst du zu Weihnachten, Hans!«

Da konnte man lange raten! Mutter zwar schrie manchmal Weh und Ach. »Das ist zu leicht, Vater. Das muß er ja raten! Du nimmst ihm ja die Vorfreude!«

Aber Vater war seiner Sache sicher, und ich erinnere mich wirklich nicht eines einzigen Males, daß ich ein Geschenk erraten hätte.

Unter all diesen Vorbereitungen nahte das Fest. Am 24. Dezember stand Vater ungewohnt früh auf und zog sich mit Mutter ins Weihnachtszimmer, wie nun sein Arbeitszimmer hieß, zurück. Über Weihnachten ruhte alle Arbeit bei ihm. Da wollte er seine Familie ganz für sich haben. Für alle Fälle versuchten wir die Schlüssellöcher, trotzdem wir Vaters Vorsicht kannten: er verhängte sie immer zuerst. Geheimnisvoll verdeckte Gegenstände wurden durch die Wohnung getragen. Alle lächelten, sogar die meist brummige Minna.

Der Vormittag ging für uns Kinder noch so einigermaßen hin. Meist waren wir mit unsern Geschenken für Eltern und Geschwister noch nicht fertig. Mit Eifer wurde laubgesägt, kerbgeschnitzt, spruchgebrannt, gehäkelt und gestickt, und was es da alles sonst noch für Beschäftigungen gab, durch die man in damaligen Zeiten die Wohnungen immer mehr mit Scheuel und Greuel anfüllte.

Zum Mittagessen gab es immer Rindfleisch mit Brühkartoffeln. Mutter vertrat den Standpunkt, daß wir uns noch früh genug den Magen verderben würden und vorher nicht einfach genug essen könnten. Nach dem Essen aber stieg unsere Spannung so sehr, daß wir eine Pest wurden, aus lauter Kribbligkeit und Erwartung brachen ständig Streitigkeiten zwischen uns aus. Schließlich jagte uns Vater auf die Straße mit dem Machtwort, nicht vor sechs Uhr nach Haus zu kommen, eher fange die Bescherung doch nicht an.

Meist trennten wir vier Geschwister uns sofort, wenn wir auf die Straße kamen. Die Schwestern gingen für sich, und ich machte mich mit Ede auf, um die schon hundertmal besichtigten Schaufenster der Spielwarenläden noch einmal anzusehen. Da stellten wir dann fest, was mittlerweile aus den Schaufenstern genommen war, und machten Pläne für das, was wir uns zum nächsten Weihnachtsfest wünschen wollten. Aber die Zeit wurde uns sehr lang, es schien überhaupt nicht dunkel werden zu wollen, und sonst kam die Dämmerung immer so schnell!

Wir gingen und gingen, aber die Zeit verging nicht.

Dann kamen wir auf das Spiel, auf den Granitplatten des Bürgersteigs so zu gehen, daß nie auf eine Ritze getreten wurde. Auch durfte man auf jeden Stein nur einmal treten. Gelang es, so bis zur nächsten Straßenecke zu kommen, so wurde ein Lieblingswunsch erfüllt. Dies war also unser Orakel, und es war gar nicht so leicht! Denn manche Steine waren für unsere Kinderbeine sehr breit, auch verlangten entgegenkommende Erwachsene, daß wir ihnen den Weg frei machten, und neben den Granitplatten lag Kleinpflaster – dann ade, Lieblingswunsch!

Schließlich war es doch dämmrig geworden. Wir warteten so lange, bis in irgendeinem Fenster der erste Baum brannte, dann stürzten wir nach Haus mit dem Geschrei: »Die Weihnachtsbäume brennen schon überall! Warum geht's denn bei uns noch nicht los?«

Meist waren die Schwestern kurz vor uns eingetroffen oder kamen gleich hinterher, und meist waren die Eltern dann auch soweit, und wir brauchten nicht länger am Spieße zu zappeln, wie Vater das nannte.

Ich erinnere mich aber auch, daß ich einmal direkt vor der Bescherung noch zu einem Kaufmann in die Martin-Luther-Straße geschickt wurde, um Tomatenmark einzukaufen. Tomatenmark oder, wie man damals noch sagte: Tomatenpüree, war zu jener Zeit noch eine teure Sache. Es wurde in kurzen gedrungenen Flaschen verkauft, und die Flasche kostete eine Mark.

Ich bekam also eine Mark in die Hand gedrückt und zog los. Es war ein schneidend kalter Wintertag, und ich war schon von dem vorhergehenden Straßenlaufen ganz durchkältet, so lief ich, so rasch ich nur konnte, zum Kaufmann. Meine Hände waren starr, und die Flasche in ihnen, mit der ich aus dem Laden trat, schien sie noch mehr zu durchkälten. Ich klemmte sie also unter den Arm, steckte die Hände in die Manteltaschen und machte, daß ich nach Haus kam. Kurz vor dem Ziel aber geschah das Unglück: Die Flasche glitt unter meinem Arm hervor, klacks! machte sie, und ein blutroter Fleck breitete sich rasch auf dem Schnee aus. Ich stand angedonnert davor ...

Nun waren die Eltern gar nicht »so«, ein derartiger Unglücksfall hätte mir nicht mehr als einen leichten Vorwurf und die Mahnung, doch endlich etwas besser aufzupassen, eingetragen. Aber die Festvorfreude, die Ungeduld, schnell zur Bescherung zu kommen, oder auch der Frost in allen Gliedern – ich bin immer ein Frostpeter gewesen – müssen mich völlig verwirrt haben. Ich stand wie gelähmt vor dem roten Fleck im Schnee, bohrte die Knöchel in die Augen und fing jämmerlich an zu weinen.

Trotzdem es in dieser Stunde vor der Bescherung eigentlich alle eilig hatten, sammelte sich bald ein kleiner Kreis um mich, denn zuzusehen hat der Berliner immer Zeit. Vom milden Trost bis zur urwüchsigen Veräppelung fehlte mir bald nichts. Ich erinnere mich noch, daß mir ein besonders hartnäckiger Witzbold immer wieder die Hand auf den Kopf legte und mich zwingen wollte, das Zeug aufzulecken: »Freut sich Mutta doch, det de's wenigstens im Bauche hast!«

Wäre ich nicht so eng umstanden gewesen, hätte ich mich längst auf die Beine gemacht, aber so erschien die Situation ziemlich hoffnungslos.

Plötzlich fragte eine etwas schleppende Stimme: »Was heulste, Junge?«

Ein Mann drängte sich in den Kreis. Ich sah hoch und erkannte *ihn*, mein geheimes Idol! Er besah den roten Tümpel. »Tomatenpüree, was?« fragte er militärisch kurz. Ich nickte nur. »Kostet wieviel?« Ich schluchzte: »Eine Mark!«

»Hier hast 'ne Mark, Jung«, sagte er. »Weil heute Weihnachten ist. Laß die Pulle aber nicht noch mal fallen!«

Und damit machte er mir den Weg frei, und ich schoß wie ein Pfeil, noch immer etwas schluchzend, in die Martin-Luther-Straße.

Der Gedanke, daß mir grade mein geheimes Idol diese Mark geschenkt hatte, machte mich so glücklich, daß darüber im Augenblick sogar die Festfreude zurücktrat. Ich liebte diesen Mann schon lange aus der Ferne, ich bewunderte ihn, trotzdem er zweifelsfrei ein Mann und kein Herr war, ein Unterschied, den wir Kinder sehr genau machen lernten. Er mußte in einem der Häuser in unserer Nähe wohnen, und wenn wir auf der Straße spielten, sah ich ihn im Sommer wie im Winter zwischen fünf und sechs Uhr vorübergehen. Dann sah ich ihn so lange an, wie es nur irgend ging.

Er trug eine Uniform, er war aber bestimmt nichts

Militärisches, wahrscheinlich eher ein städtischer Beamter. Er ging ganz grade, den Kopf etwas im Nacken und die Augen in dem fahlen Gesicht halb geschlossen. Mit diesen halbgeschlossenen Augen und einer Miene gleichgültiger Kennerschaft musterte er alle vorübergehenden Mädchen und Frauen, und trotzdem ich noch ein völliges Kind war, merkte ich doch, daß dieses Mustern auf viele einen Eindruck machte. Sie drehten sich oft nach ihm um, er sich aber nie. Ich habe ihn auch nie mit einem weiblichen Wesen gesehen, er ging immer allein. Er wird wohl einer jener gewissenlosen Frauenjäger gewesen sein, die nur im Dunkeln auf Beute ausgehen, ein wahres Ekel.

Aber damals war er mein Idol, und zwar vor allem wegen seiner Kopfhaltung und der halbgeschlossenen Lider. Zu einer gewissen Zeit war meine Bewunderung für ihn so sehr gestiegen, daß ich mir vor dem Spiegel diese Kopfhaltung und diesen Blick einübte. Das hatte seine gewissen Schwierigkeiten, denn wenn ich die Lider wirklich halb schloß, konnte ich mich im Spiegel nicht recht erkennen. Aber schließlich war ich mit dem Ergebnis meiner Übungen zufrieden und beschloß, damit vor ein größeres Publikum zu gehen.

Im Hause verbot sich das, Vater hielt etwas auf grade Haltung und offenen Blick. Auch ist die Familie ein schlechtes Publikum für außergewöhnliche Leistungen: der Prophet gilt nichts in seinem Vaterlande.

Also ging ich auf die Straße und promenierte dort auf und ab, in ebenjener einstudierten Haltung: den Kopf zurückgelehnt und die Augen halb geschlossen, die

Hände aber hatte ich auf den Rücken gelegt und stolzierte so auf und ab. Ich erregte nicht ganz das Aufsehen, das ich erwartet hatte. So verstärkte ich meine zuerst nur schüchtern angenommene Pose zur vollen Wirkung – und plötzlich schlug ein Herr auf meine Schultern. »Junge, schlaf nur nicht auf der Straße ein!« schrie er. »Mach gefälligst die Augen auf!«

Es war eine bittere Enttäuschung, und mit einem Schlage gab ich alle Versuche auf, ebenso dämonisch zu wirken wie jener Uniformierte. Aber meiner Verehrung für ihn tat dies keinen Eintrag, im Gegenteil, sie wurde eher noch glühender. Man kann sich danach denken, mit welchem Glück es mich erfüllte, daß grade mein Idol mir eine Mark geschenkt hatte. Ich flog wie von Engelfittichen getragen fort und heim. Ich nehme an, diesmal habe ich das Tomatenmark heil nach Haus gebracht, und die Bescherung konnte ihren Anfang nehmen.

Für die letzte Viertelstunde scheuchte Vater auch noch Mutter aus dem Weihnachtszimmer. Er baute ihr noch rasch seine Geschenke auf, auch war es sein eifersüchtig verteidigtes Vorrecht, die Lichter am Baum zu entzünden. In fliegender Hast warf Mutter sich in Gala, wobei sie noch uns auf Sauberkeit und Ordnung prüfte.

Nun versammelten wir uns schon alle erwartungsvoll auf dem Flur, die Herzen schlugen schneller, die Hoffnungen wurden immer ausschweifender. Ich ertappe mich dabei, daß ich vor lauter Aufregung die Fäuste fest geballt habe und immerzu vor mich hin flüstere: »Au Backe! Au Backe! Au Backe!« Auch Edes Lippen bewegen sich stumm, ich weiß schon, er sagt sich noch einmal das Weihnachtsgedicht auf, das er gleich wird deklamieren müssen ... Nun, in diesem spannendsten Moment, werde ich von der Mutter in die Küche geschickt, um die alte Minna zur Eile anzutreiben. Christa ist längst hier ...

Minna ist noch beim Haarmachen. Ihr dunkles spärliches Haar steht in lauter kurzen Mäuseschwänzchen steil vom Kopfe ab. Jedes Schwänzchen wird sorgfältig mit Ochsenpfotenfett, einer Stangenpomade, eingerieben. Ich flehe Minna an, sich zu beeilen, obwohl ich aus Erfahrung weiß, daß jedes Hetzen bei Minna nur die Wirkung hat, sie noch zu verlangsamen, und kehre zu Mutter zurück, um ihr Bericht zu erstatten. Mutter entscheidet, daß wir auf Minna warten müssen. Aus dem Bescherungszimmer klingt eine rauhe Stimme: »Seid ihr auch alle artig?«

»Wir brüllen begeistert: »Ja!«

Die Stimme fragt weiter: »Habt ihr euch auch alle die Zähne geputzt?«

Wir brüllen ebenso begeistert: »Nein!«

Und die Stimme fragt zum dritten Male: »Seid ihr denn auch alle fertig?«

Wir brüllen eiligst wieder ein »Ja!«, aber Mutter fügt hastig hinzu: »Wir müssen noch auf Minna warten!«

»Na, denn wartet man!« ruft die Stimme, und hinter der Tür wird es wieder still.

Aber ein Geruch von brennenden Kerzen und Tannennadeln hat sich doch auf dem Flur verbreitet. Unsere Aufregung kann nun nicht mehr höher steigen. Ich tanze auf einem Bein wie ein Irrwisch umher, Ede sieht bleich vor Aufregung aus. Plötzlich geht er, fast finster vor Entschlossenheit, auf Christa zu, nimmt ihre Hand und küßt sie!

Christa wird puterrot und reißt ihm die Hand fort. Wir andern brechen in ein verblüfftes Lachen aus.

»Warum hast du das denn bloß gemacht, Ede?« ruft Mutter verwundert.

»Nur so!« antwortet er ohne alle Verlegenheit. »Irgend etwas muß man doch tun, und mir war grade so! Man wird ja verrückt vor lauter Warten!«

Nach diesen abgerissen hervorgestoßenen Sätzchen stellt er sich neben mich und haut mich mit der geballten Faust auf den Bizeps. Alle Vorbedingungen für die schönste Keilerei sind gegeben, aber …

Aber da erscheint endlich Minna! Ich finde, ihr glatt an den Schädel geschmiertes Haar sieht nicht anders aus als sonst, darum hätte sie uns wirklich nicht so lange warten lassen müssen!

Mutter ruft: »Vater, wir sind soweit!«, und fast augenblicklich ertönt das silberne Bimmeln eines kleinen Glöckchens. Sofort nehmen wir Aufstellung, und zwar ist nach dem Alter anzutreten, was auch genau der Größe entspricht. Wir stehen hintereinander wie die Orgelpfeifen, nur die zu kurz geratene Minna zwischen Christa und der Mutter stört …

Die Tür zum Bescherungszimmer fliegt auf, eine strahlende Helligkeit begrüßt uns. Geführt von Ede, rücken wir im Gänsemarsch ein. Vater, am Flügel sitzend, sieht uns mit einem glücklichen Lächeln entgegen.

Nach geheiligtem Gesetz dürfen wir weder rechts noch links schauen, wir haben schnurstracks auf den Baum loszumarschieren und vor ihm Aufstellung zu nehmen, nach dem Satz: Erst kommt die Pflicht, dann das Vergnügen. Die Pflichterfüllung aber besteht darin, daß Vater nach einem kurzen Vorspiel das Lied »Stille Nacht, heilige Nacht« spielt, nun setzen wir ein, und es wird gesungen. Das heißt, wir sind natürlich nicht wir, ich brumme nur so mit, und auch das gebe ich gleich wieder auf: die klettern ja auf alle Gipfel!

Unterdes mustere ich den Baum. Jawohl, es ist doch wieder ein Weihnachtsbaum geworden, wie er sein soll, vom Fußboden bis zur Decke. Vater hat uns also doch wieder reingelegt, denn diesen Baum hat er bestimmt nicht erst in der letzten Stunde gekauft! Wo er ihn nur so lange versteckt haben mag?! Im nächsten Jahre falle ich aber bestimmt nicht wieder darauf rein!

Der Baum trägt all den bunten Schmuck, den wir seit unsern frühesten Kindertagen kennen, Gold und Silber, bunte Papierketten, allerlei geometrische Figuren in Rhombengestalt, Vielecke, bei denen jede Seite anders bunt ist, Erzeugnisse unserer Pappklebereien an langen Winterabenden. Dazu uralter wächserner Schmuck noch aus Vaters Elternhaus, zart bemalte Engelchen und vor allem ein Kanarienvogel in grünem Ring, den Mutter jedes Jahr von neuem verbannt wissen will, denn es fehlt ihm die ganze Hinterfront. Aber Vater besteht mit uns Kindern auf seiner Anwesenheit, er gehört zu unsern Weihnachten. Dazu aber trägt der Baum in Fülle bunte Zuckerringe und Brezeln, schwarze Schokoladenfiguren, vergoldete Nüsse. Siehe da, nichts ist vergessen, auch die traditionellen Knallbonbons entdecke ich, mit denen wir bei der Baumplünderung Silvesterabend das neue Jahr einschießen werden!

Der Gesang ist beendet. Vater tritt in unsern Kreis und sagt ermunternd: »Nun los, Ede, nur Mut!«

Und Ede fängt nach kurzem Räuspern an, sein Weihnachtsgedicht aufzusagen. Es dauert nicht lange, und nun bin ich daran. Mein Teil ist die Weihnachtsgeschichte: »Es begab sich aber zu der Zeit, daß ein Gebot von dem Kaiser Augustus ausging, daß alle Welt geschätzet würde ...« Ich weiß eigentlich gar nicht, wieso grade ich immer dazu kam, an der Weihnachtsgeschichte klebenzubleiben, die andern hatten es mit ihren kürzeren Verschen viel bequemer. Die Annahme, daß meine Eltern schon damals erkannt hatten, ich eigne mich mehr für Prosa als für Lyrik, scheint mir doch etwas gewagt.

Ich erledige meine Geschichte glatt, und nun sind die Schwestern dran. Gottlob gibt es auch bei ihnen keine Schwierigkeiten. Einmal nämlich war Fiete zu faul gewesen, ein Weihnachtsgedicht zu lernen, und hatte einfach das letzte in der Schule gelernte Gedicht als Ersatz geliefert. Es war das schöne Bürgersche »Lenore fuhr ums Morgenrot«, worunter ich mir damals Lenore auf dem Wagen des Sonnengottes um das Morgenrot herumfahrend dachte. Aber so schön dies Gedicht auch sein mochte, es hatte einige Erregung, Tränen, Verzögerung der Bescherung gegeben ... Gottlob war Heiliger Abend, an dem alles verziehen und vergeben wird!

Während die Schwestern aufsagen, schiele ich doch schon nach den Tischen. Ich möchte doch wenigstens sehen, wo mein Tisch steht, damit ich ihn nachher gleich finde. Im vorigen Jahr stand er beim Ofen. Aber beim ersten Umherschauen blendet mich eine solche Fülle von weißen Tischtüchern, Kerzchen, Bücherreihen, bunt lackiertem Zeug auf jedem Tisch, daß ich überhaupt keine Einzelheiten sehe. Und schon ist Vater hinter mir, dreht meinen Kopf wieder zum Baum und flüstert: »Willst du wohl mal nicht schielen! Alle Geschenke fliegen fort, wenn du schielst!«

Das glaubte ich nun freilich nicht mehr, aber es schien mir doch weise, Vaters Aufforderung zu folgen.

Gottlob ist Itzenplitz jetzt endlich auch fertig. Was hat sie eigentlich aufgesagt? Ich habe kein Wort gehört! Nun gehen wir bei allen umher, allen wünschen wir ein fröhliches Weihnachtsfest, von den Eltern bekommen wir einen Kuß, und nun ertönt endlich, endlich, endlich der Ruf: »Und jetzt sucht sich jeder seinen Tisch!«

Einen Augenblick Verwirrung, Durcheinanderlaufen – und Stille! Tiefe Stille!

Jeder steht fast atemlos vor seinem Tisch. Noch wird nichts angefaßt, nur angeschaut. Also, da ist er nun wirklich, der lang ersehnte Anker-Brückenbaukasten. Endlich werde ich Cäsar seine Brücke über den Rhein schlagen lassen können. Und da steht Hagenbecks »Leben mit meinen Tieren«. Und daneben, wahrhaftig! ein Nansen, mein erster Nansen! Gott, ich werde zu lesen haben in diesen Weihnachtstagen … Und da, in runden Holzschachteln, römische Legionen, Germanen und wirklich auch griechische Streitwagen! Ich werde eine Schlacht schlagen können –! Ich atme tief auf! Gott, ist das alles schön! Sie sind alle so gut zu mir, und ich bin oft so ruppig! Aber von jetzt an wird alles ganz anders werden, ich will ihnen nur noch Freude machen! Und aufgeregt fange ich an, die Bleisoldaten Schicht für Schicht aus den Schachteln zu nehmen ...

Die Stille im Bescherungszimmer ist einem freudigen Lärm gewichen, überall wird gezeigt, gerufen ... Schon wird hin und her gelaufen, die Schwestern haben einen ersten Überblick gewonnen und sind nun neugierig ... Vater und Mutter lassen sich bald an diesem, bald an jenem Tisch sehen. Mutter besteht darauf, daß wir auch das »Nützliche« würdigen: neue Unterhosen oder einen Anzug. Aber das Nützliche ist uns egal, Unterhosen hätten wir sowieso haben müssen, Unterhosen sind nicht Weihnachten, aber Bleisoldaten sind es! Ein bunter Teller ist es, der überquillt von Süßigkeiten. Mit scharfem Blick mustere ich die Anzahl der Apfelsinen und Mandarinen auf dem Teller. Es sind beruhigend wenig, die Hauptsache besteht aus guter solider Leckerei zum Magenverderben. Und als Reserve ist da immer noch der Weihnachtsbaum mit seinem Behang. Es ist zwar verboten, an seine Süßigkeiten vor Silvester, vor der Plünderung zu gehen, aber jedes Stück kennt Vater doch nicht, und in der Weihnachtszeit sind alle Verbote gelockert.

Das Ergebnis war regelmäßig, da die Geschwister ebenso dachten, daß am Silvesterabend die Vorderseite des Baums einen freilich nur spärlichen Paradebehang aufwies. Die Rückseite aber war ratzekahl. Worüber sich

Vater ebenso regelmäßig ärgerte, aber nur mäßig, nur weihnachtlich.

Plötzlich tönt ein verzweifeltes Schluchzen durch den Baum. Wir alle fahren hoch und starren. Es ist Christa, die zum erstenmal das Weihnachtsfest fern dem elterlichen Haus verlebt. Der Kummer und die Freude im Verein haben sie überwältigt …

»Ach, ich bin ja so unglücklich! Ach, wenn ich doch zu Haus sein könnte! Ach, Frau Rat, Sie meinen es ja so gut, und die Nachthemden sind viel zu schön für mich, aber wenn ich sie doch nur für fünf Minuten meiner Mutter zeigen könnte! Ach, ich habe ja alles gar nicht verdient! Nein, ich habe es nicht, Frau Rat! Den Saucenrest in der letzten Woche, den Frau Rat so gesucht hat, den habe ich genascht! Und zwei Kalbsbratenscheiben habe ich auch gegessen! Aber sonst nichts, sonst bestimmt nichts! Und nun soll ich wirklich das schöne Nachthemd anziehen – nein, ich bin ja so unglücklich!«

Das Schluchzen verlor sich in der Ferne. Mutter führte die Gebrochene in stillere, für Beichten geeignetere Räume ab.

Haben wir nun alles gesehen? Können wir nun anfangen mit Spielen und Naschen und Lesen? Nein, denn nun fängt die Bescherung noch einmal an! Wir haben ja so viele Tanten und Onkel: Was die sich zum Weihnachtsfest für uns ausgedacht haben, liegt noch säuberlich verpackt in Paketen, wie sie der Postbote brachte, unter Vaters Schreibtisch. Wir versammeln uns um Vater, auch Mutter ist wieder da, die Mädchen sind in der Küche und legen die letzte Hand an das Abendessen, es fängt nun an die Bescherung nach der Bescherung, die Festfreude in der Festfreude.

Aber das geht nicht so schnell, denn bei Vater muß alles ordentlich zugehen, mit Bedächtigkeit. Er nimmt das erste Paket, er verkündet: »Von Tante Hermine und Onkel Peter«, und vorsichtig fängt er an, den Bindfaden aufzuknoten. In diesem Hause darf nie ein Bindfaden aufgeschnitten werden, alles wird geknüppert, und sei es aus noch soviel Enden gestückt, mit dicken Knoten verunziert. Zappelig sehen wir Kinder zu. Der Knoten will ja gar nicht aufgehen. Aber Vater hat die Ruhe, wenn wir sie nicht haben. Kunstvoll schlingt er jetzt aus dem abgelösten Bindfaden ein Gebilde, das wir den »Rettungsring« nennen. »Ede, den Bindfadenkasten!« ruft Vater, und Ede trägt ihn herzu. Der Rettungsring wird zu andern schon gesammelten gelegt, bereit zur nächsten Benutzung. Das Packpapier wird methodisch zusammengelegt – und der darunter sichtbare Karton ist noch einmal verschnürt!

Wir Kinder verzweifeln fast vor Ungeduld. Nochmaliges Knüppern und Zusammenrollen. Nun aber wird der Deckel vom Karton abgenommen – und auf dem weißen, alles verhüllenden Seidenpapier liegt der Weihnachtsbrief.

Ein nochmaliger langer Aufenthalt, erst wird der Brief vorgelesen, ehe das Paket ausgepackt wird. Und manche Briefe sind sehr lang, fast ebenso lang wie langweilig, finden wenigstens wir Kinder.

Aber endlich ist es dann soweit. Es wird ausgepackt, es wird verteilt. Die einen freuen sich, die andern versuchen, ihre Enttäuschung zu verbergen. Es ist oft nicht leicht für die Onkel und Tanten, das Rechte zu treffen. Die uns länger nicht besucht haben, halten uns noch für die reinen Babys, sie haben keine Ahnung, wie wir zugenommen haben an Weisheit und Verstand …

Der leere Karton wird beiseite gesetzt, die Geschenke zu den Tischen getragen, und nun kommt ein neuer Karton an die Reihe. »Von Onkel Albert!« verkündet der Vater.

So geht es langsam durch zehn oder zwölf Pakete, unsere Geduld wird auf eine harte Probe gestellt. Aber vielleicht ist es grade das, was Vater mit dieser übertriebenen Langsamkeit erreichen will: wir sollen warten lernen. »Kinder dürfen nicht gierig sein!« Dies war ein Fundamentalsatz unserer Erziehung. (Ich dachte damals oft, wenn ich ihn hörte: also dürfen die großen Leute gierig sein? Die haben's aber gut!) »Sei bloß nicht so gierig«, diese Mahnung ist mir hundert-, tausendmal in meiner Jugend zugerufen worden.

Aber die Gierigste von uns allen war unbestreitbar unsere Schwester Fiete. Vor allem konnte sie sich nie vor Kuchen und süßen Speisen bezähmen. Wenn Mutter sie auf irgendeinen Besuch mitnahm, so gierte Fiete ewig nach dem Kuchen, und wenn sie nicht reden durfte, so bettelten ihre Augen so deutlich, daß sich jede Gastgeberin ihrer erbarmte.

Mutter war ganz verzweifelt darüber und beschloß, daß endlich ein Exempel statuiert werden müsse. Das Gieren müsse ein Ende nehmen. Also verabredete sie mit der nächsten Gastgeberin, bei der sie mit Fiete auftauchen wollte, daß Fiete unter keinen Umständen ein Stück Kuchen haben solle. Sie müsse einsehen lernen, daß es auch einmal so gehe.

Auf dem Hinweg wurde Fiete wiederum eingeschärft, daß sie nicht betteln dürfe, keine Blicke zu werfen habe, daß sie ruhig sitzen solle, kurzum, daß sie musterhaft artig zu sein habe.

Es ging alles auch wunderbar, Fiete bekam keinen Kuchen und gierte doch nicht. Man stand auf, man sagte einander Lebewohl, man stand schon an der Tür, da machte Fiete kehrt, lief an den Kaffeetisch, pflanzte alle fünf Finger in die Torte und rief: »Adieu, Kuchen!«

Soviel über das Abgewöhnen kindlichen Gierens.

Schließlich ging auch das Pakete-Auspacken zu Ende. Unsere Tische konnten schon alle Geschenke nicht mehr fassen, sie wurden schon darunter gesetzt, und ganz ehrlich seufzte ich einmal: »Es ist ja alles viel zuviel!« Meine Eltern seufzten auch und dachten dasselbe. Es kam eben durch die ausgebreitete, geschenkfreudige Verwandtschaft. Die Eltern waren gar nicht für die übertriebene Schenkerei, sie hielten sich in ganz bestimmten Grenzen. Für jedes Kind hatte Vater eine Summe ausgeworfen, die Mutter bei ihren Einkäufen nicht überschreiten sollte, darauf sah Vater sehr.

Diese kleine Pedanterie Vaters hatte einmal meinem Bruder Ede und mir ein ganzes Weihnachtsfest verdorben. Das kam so: Ich hatte mich dem Drama zugewendet und hatte mir ein Puppentheater gewünscht, mit der Dekoration zum »Freischütz«. Schon lange, ehe Weihnachten war, hatte ich mir ausgedacht, wie wunderbar ich die Wolfsschlucht ausstatten wollte. Der Mond sollte transparent gemacht werden und mittels einer hinter ihm angebrachten Kerze richtig scheinen, auch war bereits im voraus Magnesium für Blitze beschafft. Ede hatte sich Bleifiguren zum »Robinson Crusoe« gewünscht.

Schon beim Aufsagen der Gedichte hatte ich die ragende Proszeniumswand des Puppentheaters entdeckt, mein Herz war freudig bewegt. Sobald wir das »Aufsagen« hinter uns hatten, stürzte ich zu »meinem Theater«. Jawohl, da war es, und grade die Dekoration zur Wolfsschlucht war aufgestellt. Ich betrachtete sie, starr vor Entzücken, sie übertraf alle meine Erwartungen!

Da aber war Vater hinter mir und sagte: »Nein, Hans, das ist nicht dein Tisch. Das ist Edes Tisch! Du bekommst den ›Robinson Crusoe‹!« Und als er mein bestürztes Gesicht sah, setzte er erklärend hinzu: »Sieh mal, Hans, du bist beim letzten Weihnachtsfest ein bißchen zu gut weggekommen und der Ede zu schlecht. Das Puppentheater ist viel teurer als die Bleifiguren, das muß also Ede bekommen ...«

Und er führte mich von der Wolfsschlucht fort zu dem albernen »Robinson«.

Wie gesagt, ein völlig verdorbenes Fest! Wir Brüder konnten schlecht unsere Enttäuschung verbergen, wollten es wohl auch gar nicht und rührten unsere Geschenke überhaupt nicht an. Dafür schielten wir um so intensiver zum Tisch des andern. Mein guter Vater sah das wohl und fing an, sich erst gelinde, dann kräftig zu ärgern. Ein paar energische Scheltworte konnten unsere

Festfreude auch nicht heben. Schließlich bekamen wir den dienstlichen Befehl, gefälligst nicht zu maulen, sondern mit unsern Geschenken zu spielen. Wir taten es mit so herausfordernder Lieblosigkeit, daß Vater uns zornentbrannt ins Bett steckte. Manchmal verlor eben auch er die Geduld – und hatte nun auch sein verdorbenes Fest!

Oft bin ich später gefragt worden, warum wir Brüder die Geschenke nicht einfach nach dem Fest untereinander austauschten. Aber wer so fragt, kennt unsern Vater nicht. Grade weil wir am Festabend gemuckscht und getrotzt hatten, sah er darauf und kontrollierte es auch, daß nach seinem Befehl gehandelt wurde. So gütig und geduldig er auch war, so empfindlich war er doch auch gegen jede Auflehnung, und wo er gar etwas wie Gehorsamsverweigerung spürte, wurde er unerbittlich. Gehorsam mußte sein, das war ein Grundsatz bei ihm, an dem nicht gerüttelt werden durfte.

In solchen Fällen war er dann auch taub gegen alle Fürbitten der Mutter, die nach Frauenart nicht viel von Prinzipien hielt, sondern lebensklüger vom einzelnen Fall ausging. Für Vater war die Sache sehr einfach: ich hatte das vorige Mal zuviel bekommen, also bekam ich jetzt wenig, das mußte der Dümmste verstehen. Auf den Gedanken, daß es uns Kindern ganz gleich war, wieviel Geld ein Geschenk kostete, ist er leider nicht gekommen. Für Ede war das teure Puppentheater nicht eine Mark wert, der »Robinson« aber viele Hunderte, wenn man Freude überhaupt in Geld ausdrücken kann ...

Es waren dies eben die Schattenseiten von Vaters großer Sparsamkeit und Genauigkeit. So kraß wie in diesem einen Falle haben wir sie freilich sonst nie zu fühlen bekommen. Aber ich weiß doch noch, daß es manchmal kleine Differenzen zwischen Vater und Mutter wegen des Haushaltsgeldes gab. Mutter war mit den Jahren eine wahre Künstlerin geworden, sich »einzurichten«. Aber Vater hatte sich einen Jahresvoranschlag gemacht, in dem alles bis auf das Kleinste berücksichtigt war, im Monat war soundso viel vom Gehalt zurückzulegen. Jede Nachforderung zwang ihn nun, seine Pläne umzustoßen, zur Bank zu gehen, vom »Ersparten« etwas abzuheben, alles Dinge, die ihn aufs äußerste beunruhigten. »Wir wollen doch vorwärtskommen«, klagte er dann.

Wenn Mutter dann antwortete, so müßten wir eben auf Logierbesuch verzichten, blieb er dabei, es müsse sich doch einrichten lassen, wo sechs satt würden, fänden auch sieben ihr Brot, ein Satz, dessen Richtigkeit jede Hausfrau bezweifelt.

Wahrscheinlich infolge dieser genauen Rechnerei von Vater hatte sich bei uns Kindern der Mythos gebildet, Vater habe seit unserer Geburt jeden Pfennig für jedes einzelne von uns angeschrieben, und wer mehr als die andern bekommen habe, dem werde das dermaleinst vom Erbteil abgezogen. Dieses sagenhafte Kontobuch spielte in den Gesprächen und Gedanken von uns Kindern eine große Rolle. Es hatte aber sein Gutes: Wir wurden nie neidisch aufeinander. Bekam Fiete ein neues Kleid und paradierte damit vor Itzenplitz, so sagte die nur wegwerfend: »Das wird dir ja doch von deinem Erbteil abgezogen!«

Fiete antwortete dann zwar: »Na laß doch! Das ist ja noch so lange hin!«, aber es dämpfte doch den Stolz.

Natürlich hat dies sagenhafte Kontobuch nie existiert, trotzdem wir noch als große Menschen ein ganz klein bißchen daran glaubten und uns bei Vaters Tode danach umsahen. Vater hatte ganz im Gegenteil verfügt, daß wir Geschwister ganz gleichmäßig erben sollten, ohne Rücksicht darauf, was eines »vorweg« empfangen hätte. Aber an sich glaube ich noch heute: hätte Vater nur die nötige Zeit gehabt, er hätte ein solches Buch schon führen können. Er war dazu sehr wohl imstande. Nicht um uns am Ende Mehrsummen abzuziehen, sondern um der Gerechtigkeit willen. Keines von seinen Kindern sollte je denken, es habe etwas vor den andern voraus. –

Doch war dieses gar zu ausgerechnete Weihnachtsfest eine einzige Ausnahme unter vielen, vielen durch nichts getrübten. Wenn wir dann fertig beschert und ausgepackt hatten, ging es zum Essen. Wir Kinder freilich folgten an diesem Abend nur ungern dem Ruf zu Tisch, wir hätten viel lieber weiter mit unsern Spielsachen gespielt und unsern Hunger von den bunten Tellern gestillt.

Aber das wurde natürlich nicht geduldet. In weiser Voraussicht gab es am Heiligen Abend stets Heringsalat, Mutter meinte, vor soviel Süßigkeiten sei etwas Saures das Beste! Schließlich aßen wir doch alle mit gesundem Appetit von den vielen schönen Sachen, und die Begeisterung schlug hohe Wellen. Immerzu wurde davon gesprochen, was jeder von seinen Geschenken besonders mochte, ein Kind ließ kaum das andere zu Worte kommen, jedes wollte den Eltern etwas von seiner Freude erzählen.

Aber vor allem wurde Vater gefragt, was denn nun seine Rätsel zu bedeuten hätten, ich hatte die Lösung des meinen auf dem Tisch nicht finden können und bildete mir nun ein, Vater habe noch ein besonderes Geschenk in der Hinterhand.

»Das ist doch so leicht, Hans«, sagte Vater. »Deine Zinnsoldaten sind eckig, aber die Schachtel um sie rund. Sie ist auch leicht, und die Soldaten sind schwer. Römische Legionäre hat es vor tausend Jahren gegeben, und doch besitzt du sie heute. – Na, das zu raten war doch wirklich kein Kunststück, Hans!«

Und das fand ich nun auch.

Dann kam noch der lange Abend, an dem wir bis zehn aufbleiben durften. Während wir uns mit unsern Sachen abgaben – Itzenplitz las natürlich schon, als müsse sie ihre sämtlichen Bücher noch an diesem Weihnachtsabend durchrasen –, saß Vater am Flügel und spielte einiges von den neuen Noten durch, die Mutter ihm geschenkt hatte. Mutter aber erschien nur zu kurzen Besuchen im Bescherungszimmer, denn in der Küche wurde noch gewaltig gearbeitet. Die weihnachtliche Gans für den nächsten Tag wurde vorbereitet und überhaupt soviel wie möglich vorgekocht, denn die Mädchen sollten es in den beiden nächsten Tagen auch leichter haben.

Dann ging es ins Bett. Bücher mitzunehmen war verboten, aber irgendein besonders geliebtes Spielzeug durfte sich jedes auf den Stuhl vor seinem Bett stellen. Und dann das Erwachen am nächsten Morgen. Dies Gefühl, aufzuwachen und zu wissen: Heute ist wirklich Weihnachten. Wovon wir seit einem Vierteljahr geredet, auf was wir so lange schon gehofft hatten, nun war es wirklich da!

Der parfümierte Tannenbaum

Weihnachten war gekommen und war vorübergegangen. Es war ein stilles, kleines Weihnachten gewesen, mit einer Tanne im Topf, einem Selbstbinder, einem Oberhemd und ein Paar Gamaschen für den Jungen, mit einem Umstandsgürtel und einer Flasche Eau de Cologne für Lämmchen.

»Ich will nicht, daß du einen Hängebauch bekommst«, hatte der Junge erklärt. »Ich will meine hübsche Frau behalten.«

»Im nächsten Jahr sieht der Murkel schon den Baum«, hatte Lämmchen gesagt.

Im übrigen hatte es stark gerochen, und die Flasche Eau de Cologne war schon am Weihnachtsabend alle geworden.

Wenn man arm ist, kompliziert sich alles. Lämmchen hatte sich das ausgedacht mit der Tanne im Topf, sie wollte sie weiterziehen, im Frühjahr umtopfen. Im nächsten Jahr sollte sie der Murkel sehen, und so sollte sie immer größer, immer strahlender, im Wettwachsen gleichsam mit dem Murkel, von Weihnachtsfest zu Weihnachtsfest wandern, ihre erste und einzige Tanne. Sollte.

Vor dem Fest hatte Lämmchen die Tanne auf das Kinodach gestellt. Weiß der Himmel, wie die Katze dahin fand, Lämmchen hatte nie gewußt, daß es hier überhaupt Katzen gab. Aber es gab welche, Lämmchen fand ihre Spur auf der Erde des Topfes, als sie den Baum schmücken wollte, die Spur roch stark. Lämmchen beseitigte, was zu beseitigen war, sie scheuerte und wusch und konnte doch nicht hindern, daß der Junge, kaum war der offizielle Teil der Feier mit Kuß und In-die-Augen-Schauen und Geschenke-Besehen vorüber – sie konnte nicht hindern, daß der Junge sagte: »Du, das riecht hier aber sehr merkwürdig!«

Lämmchen berichtete, der Junge lachte und sagte: »Nichts einfacher!« Er öffnete die Eau-de-Cologne-Flasche und spritzte etwas auf den Topf.

Ach, er spritzte noch oft diesen Abend, die Katze ließ sich betäuben, aber dann erwachte sie immer wieder siegreich zu neuem Leben, die Flasche wurde leer, die Katze stank. Schließlich setzten sie noch am Heiligen Abend den Baum vor die Tür. Es war nicht dagegen aufzukommen.

Und am ersten Feiertag, ganz früh, ging Pinneberg los und stahl im Kleinen Tiergarten ein Häuflein Gartenerde. Sie topften die Tanne um. Aber erstens stank sie auch dann noch, und zweitens mußten sie feststellen, daß es keine in einem Topf gezogene Tanne war, sondern ein Dings, dem der Gärtner alle Wurzeln abgehauen hatte, um sie in den Topf zu kriegen. Ein Blender auf vierzehn Tage.

»Solche wie wir«, sagte Pinneberg und war in der Stimmung, das ganz richtig zu finden, »fallen eben immer rein.«

»Na, nicht immer«, hatte Lämmchen gesagt.

»Bitte?«

»Zum Beispiel, als ich dich gekriegt habe.«

Im übrigen war der Dezember ein guter Monat, trotz des Weihnachtsfestes wurde der Etat des Hauses Pinneberg nicht überschritten. Sie waren selig wie die Schneekönige. »Wir können es also auch! Siehst du! Trotz Weihnachten.«

Und sie machten Pläne, was sie in den nächsten Monaten mit all ihren Ersparnissen machen wollten.

Die offene Tür

Lini und Max Johannsen heirateten Anfang Dezember. Er war ein alter Junggeselle – um die Fünfunddreißig –, er hatte jahrelang auf seinem Hof herumgebrüllt, er war kein sanfter Mensch, und für die Heirat war er auch nicht gewesen. Sie war fünfundzwanzig, zart und blauäugig, und sehr verliebt hatte sie ihren Max herumgekriegt. Schließlich hatten sie beide vor dem Altar »Ja« gesagt und jenen Bund geschlossen, der ... Das weiß man.

Die ersten Differenzen zeigten sich kurz vor Weihnachten. Er hatte einen Anzug aus dem Schrank genommen. Er hatte dabei eines ihrer Kleider vom Bügel gestoßen. Sie hatte gescholten. Da hatte er ihre Kleider aus dem Schrank geworfen. »Weil wir verheiratet sind, brauchen wir noch nicht denselben Kleiderschrank zu benutzen.«

Sie fand ihn schrecklich brutal. Das war der Anfang.

Das Weihnachtsfest bekam Max Johannsen gar nicht. Er saß im Hause herum, hatte nichts zu brüllen, irgendwo anzufassen, zu treiben, sich zu betätigen. Er mußte immerzu essen, trinken, rauchen und hatte Gelegenheit, seine Frau den ganzen Tag zu sehen. Ihm fiel auf: Sie kam in sein Zimmer, sie sagte ihm was. Sie ließ die Tür offen, er schloß die Tür. Sie sprachen. Sie ging. Die Tür war auf. Er machte sie zu. Das fiel ihm auf.

Wie gesagt, er war eben unbeschäftigt. Ohne Weihnachten wäre vielleicht nichts erfolgt. So sagte er: »Lini, mach die Tür zu.«

Er sagte: »Die Tür steht auf, Lini.«

Er bat: »Bitte, schließ die Tür, Lini.«

Er stellte fest: »Ihr scheint zu Haus Säcke vor der Tür gehabt zu haben.«

Sie war strahlender Stimmung. Sie kam ins Zimmer gestürzt, erzählte etwas eifrig. Er sah von seinem Zimmer über das Wohnzimmer durch den Vorplatz in die Küche. Er sprach: »Die Tür ist wieder nicht zu, Lini.«

Sie sagte: »Ach, entschuldige!« und stürzte zu ihrem Putenbraten. Natürlich blieb die Tür offen.

Im Grunde seiner Seele war Max Johannsen ein geduldiger Mensch: Wer mit Tieren umgeht, muß geduldig sein. Die zweite Phase seiner Bemühungen um die offene Pforte war die, daß er Lini verwarnte: »Lini, du mußt die Türen zumachen.«

»Lini, es gibt Krach, wenn du die Türen nicht schließt!«

»Zum Donnerwetter, die verfluchte Tür steht schon wieder auf!«

Lini sagte: »Verzeih« und schloß die Türen oder ließ sie offen, wie es sich grade traf.

Am Abend des zweiten Feiertages sagte Johannsen warnend: »Lini, wenn du jetzt die Türen nicht zumachst, bring ich es dir auf eine Art bei, die dir unangenehm sein wird.«

»Aber ich mach doch die Türen zu, Max«, sagte sie erstaunt, »fast immer.« Ging hinaus und ließ die Tür auf.

In dieser Nacht wachte Johannsen auf. Es zog kalt an seine Schulter, die Tür stand offen. Leise fragte er: »Lini?«, aber Lini war weg. Johannsen stand frierend auf und schloß die Tür. Er lag wartend. Lini kam, sie legte sich ins Bett. Johannsen spürte wieder den kalten Zug an seiner Schulter. Er wartete eine Weile, dann stand er auf und schloß die Tür.

Am nächsten Morgen um fünf Uhr hatte er im Ochsenstall eine Unterredung mit Stachowiak. Stachowiak war ein galizischer Bengel, achtzehn oder neunzehn, keine Schönheit. Einige Silbermünzen klingelten, Stachowiak grinste.

Um sechs Uhr stand Frau Johannsen auf. Sie trat aus ihrem Schlafzimmer, beinahe bekam sie einen Schreck: Da stand ein Kerl. Der Kerl grinste, er sagte: »Morgen, Madka«, und dann machte er die Schlafzimmertür zu. Frau Johannsen ging in die Küche. Stachowiak ging auch in die Küche. Sie hatte die Tür aufgelassen, er machte die Tür zu. Frau Johannsen sagte sehr hastig und erregt etwas zu Stachowiak, aber vielleicht war er des Deutschen nicht so mächtig: Er lachte. Frau Johannsen sagte sehr laut: »Raus! Stachowiak, raus!« und zeigte auf die Küchentür. Stachowiak lief zur Tür, probierte die Klinke und nickte beruhigend: Die Tür war zu.

Lini bekommt eine Idee, sie stürzt auf den Hof und ruft nach ihrem Mann. Stachowiak stürzt hinterher und macht die Türen zu. Herr Johannsen ist aufs Feld geritten.

Zum Frühstück ist Max wieder da. Er sitzt an einem Ende des Tischs, seine Frau am andern. Zwischen ihnen sitzen Inspektor und Eleve, Rechnungsführer und Mamsell. Hinter Frau Johannsen steht Stachowiak. Frau Johannsen sieht, daß das Salz fehlt. Sie stürzt in die Küche, türschließend stürzt Stachowiak nach.

Der Eleve bekommt einen Lachanfall, Johannsen fragt sehr scharf: »Wie bitte, Herr Kaliebe?« Langsamer taucht Frau Johannsen mit dem Salz auf, hinter sich Stachowiak. Das Frühstück verläuft wortlos.

Auch die Unterhaltung nach dem Frühstück zwischen dem Ehepaar ist kurz. Max ist Stahl. »Bitten haben nicht geholfen, nun lernst du es so.«

»Ich finde das einfach brutal!«

»Möglich, aber es hilft.«

»Wie lange soll dies Theater dauern?«

»Bis ich überzeugt bin, es hat geholfen.«

»Gut. Du wirst aber sehen ...«

Was er sehen wird, bleibt unklar. Vor der Tür steht jedenfalls Stachowiak.

Und der Hof erlebt das Schauspiel: Wo Frau Johannsen auftaucht, taucht Stachowiak auf. Lini ist ernst, gehalten, düster, sie merkt diesen Ochsenknecht gar nicht. Der Hof merkt ihn sehr. Sie muß das Geflügel besorgen. Stachowiak besorgt mit. Sie sieht nach dem Jungvieh. Stachowiak sieht mit. Ach, Gut Wandlitz ist so weit aus der Welt ..., auf dem Hofe, zwischen Stall und

Scheune, stehen zwei grüngestrichene Häuschen mit herzförmigem Türausschnitt, Frau Johannsen ist nur ein Mensch. Nun gut, Stachowiak hält treue Wacht, obwohl sie diese Tür bestimmt schließt.

Es wird Abend. Es wird Nacht. Es wird Morgen. Ein zweiter Morgen mit Stachowiak. Die Auseinandersetzung an diesem Mittag zwischen dem Ehepaar ist sehr lebhaft und hat ein Ergebnis: Frau Johannsen langt dem Stachowiak eine! Und wie! Drauf ruft Johannsen den Bengel in sein Zimmer. Wieder klingelt Geld …, und der Türschließer ist gegen weitere Ohrfeigen gefeit.

Doch am schlimmsten ist es am dritten Tag. Frau Johannsen ist grade auf dem Hof, ein Kutschwagen fährt auf die Rampe, Besuch! Frau Johannsen stürzt hin, Stachowiak stürzt mit. Es ist Frau Bendler vom Rittergut Varnkewitz … Ach, es ist so peinlich, sie gehen in das Haus, und Stachowiak geht mit. Wie sie über den Vorplatz, durch das Herrenzimmer kommen, macht Lini Bewegungen und Laute, wie wenn sie ein Huhn scheucht, aber Stachowiak ist nicht zu verscheuchen. Was muß Frau Bendler denken!

Nun, die Frauen reden eine ganze Weile miteinander. Wenn die Tür aufgeht und das Mädchen mit dem Tablett hereinkommt, sehen sie den Stachu, wie er höflich von draußen die Tür hinter dem Mädchen zumacht. Nun, das öffnet das Herz. Die Frauen weinen und lachen, sie flüstern und sie lachen wieder: Es dauert eine lange Zeit. Schließlich kommt Johannsen auch noch dazu, er kann noch die Einladung für sie beide annehmen, zu Bendlers auf Silvester … Eine große Ehre ist das. Sicher hat ihm das gut getan ... Er summt und flötet den ganzen Abend, und am Morgen ist Stachowiak wieder bei seinen Ochsen.

Es ist ein Jammer, daß die junge Frau am Silvesterabend nicht mitkommen kann! Es ist ihre erste Gesellschaft, und sie kann nicht mit! Sie ist krank. Nein, sie ist nicht etwa beleidigt, sie ist sogar sehr nett: Unbedingt soll er fahren. Schließlich fährt er.

Ach, es ist herrlich auf Varnkewitz zu Silvester! Was für ein Essen! Was für reizende Frauen! Was für Weine! Was für Schnäpse! Was für Zigarren! Und sie sind alle so nett zu ihm. Sie prosten ihm zu. Sie schenken ihm immer wieder ein. Sie müssen ihn ja trösten, zum ersten Mal in seinem Leben ist er Strohwitwer ... So eine reizende Frau. Na, trink, Brüderlein, trink!

Hat Johannsen überhaupt noch die zwölfte Stunde erlebt? Er weiß es nicht mehr. Sicher erinnert er sich nur an eines: Auf der Rampe ist Wacker mit dem Jagdwagen vorgefahren, sein braver Kutscher Wacker, genau wie sein Name. Johannsen will einsteigen, aber so ein Jagdwagen hat zwei höllisch steile Stufen, er schafft es nicht. Er lacht und nimmt einen Anlauf, er schafft es nicht. Die andern Herren lachen auch. Schließlich fassen ihn zwei bei den Armen. Sie geben ihm einen Schwung. Ja, er ist drin in seinem Wagen, aber ..., er ist auch schon wieder draußen, auf der andern Seite, glatt durchgefallen, wie eine Kanonenkugel hindurchgefeuert.

Die Herren sind schrecklich bestürzt ..., er hat sich doch nichts getan? Sie helfen ihm wieder, sie geben ihm wieder einen Schwung, o Gott, da ist die Lehne, ich muß mich festhalten. Wieder draußen! Nein, so geht es nicht.

Ein anderer Wagen fährt vor, eine Strohschütte liegt darauf. Sie legen ihn weich, gleich schläft er. Sie könnten Kühe vor diesen Kastenwagen spannen, er würde es gar nicht merken. Aber so sind sie nicht, sie nehmen Ochsen.

Es ist Nacht, als Johannsen aufwacht, ihm ist schrecklich schlecht. Und mit der Klarsichtigkeit der Verkaterten weiß er plötzlich: Sie haben ihn zum Narren gehabt, sie haben ihn nicht ohne Grund so angeprostet … Sie haben ihn nicht aus Versehen durch den Wagen geworfen. Das einzige, worin sie die Wahrheit gesagt haben, das war das mit der reizenden Frau. So ein sanftes kleines Wesen, und er solch ein roher Schuft …

Er liegt eine Weile still, es ist ganz dunkel. Sein Bett kommt ihm komisch vor … Ausgezogen ist er auch nicht … Hier schnarcht doch was … O Gott, ist ihm schlecht!

»Lini?« fragt er leise. Stille.

»Lini?« fragt er lauter.

»Liebe Lini?« Er tastet neben sich.

Er faßt in Stoppeln. Eine rauhe Stimme fragt: »Panje?« Licht wird es. Über ihn beugt sich Stachowiak. »Was zu trinken, Panje?«

Er liegt in der Kammer vom Stachu, beim Stachu.

Was ist noch zu erzählen? Max Johannsen ist ganz sanft und leise über den Hof in sein Haus gegangen. Er hat sich in sein Zimmer gesetzt und hat nachgedacht. Ziemlich lange Zeit hat er gehabt, dann war der Neujahrsmorgen da, und die Lini kam ins Zimmer.

Er hat Zeit gehabt zum Nachdenken. Um so besser ist es ihm geglückt, ihr ein neues Jahr zu wünschen, und mit »neues« hat er wahrscheinlich wirklich etwas Neues gemeint, was die meisten Gratulanten nicht behaupten können.

Silvester

Nach Weihnachten war das Annoncengeschäft sehr still geworden, und Kufalt hatte sich wieder auf Abonnenten legen müssen, um etwas Geld in die Kasse zu bekommen. Bitter war das. Bei einer Annonce blieben fast mühelos fünf oder acht oder zehn Mark Prozente hängen, und nun mußte er wieder endlos für ganze fünf Viertel Mark reden und unter fünf Malen auch noch vier erfolglos.

Denn mit den Handwerkern, die verhältnismäßig bequeme Kunden gewesen waren, war er nun durch. Jetzt mußte er Haus für Haus abklappern, straßenweise. Nie wußte er genau, was da für Menschen hinter den Türen wohnten, an denen er klingelte, was er sagen mußte, um ihnen angenehm zu sein. Schließlich kam da so eine mißtrauische Frau raus, bei der die feinsten Formen nicht verfingen, die gar nicht erst die Kette losmachte, sondern, ohne ihn anzuhören, die Tür zuschlug: »Wir brauchen nichts.«

Aber es konnte auch vorkommen – und das war vorgekommen –, daß er einmal an ganz unverhoffter Stelle, bei irgendeiner roten Arbeiterfrau, Erfolg hatte, ihr ein Abonnement aufschnackte. Kam er dann aber abends auf den »Boten« , so war der Mann schon dagewesen, hatte Krakeel gemacht und sein Geld zurückverlangt: Sie läsen ihr Soziblatt und nicht solchen Bourgeoisdreck, und wenn er den windigen Kerl von Anreißer erwischte, würde er ihm alle Knochen im Leibe zerschlagen. Arme Frauen dumm zu reden, verdammter Hund, der!

Kraft aber hatte milde bemerkt, zu schlimm sollte es Kufalt auch nicht mit dem Zureden machen, und Kufalt hatte gereizt gefragt, ob Herr Kraft glaube, die Leute jauchzten gleich, daß sie den »Boten« lesen dürften ...?

Dann aber waren die letzten Dezembertage gekommen, und richtig hatte sich das Geschäft in Annoncen wieder lebhafter angelassen, und gar zum Silvestertag hatte Kufalt zweieinhalb Seiten zusammenbekommen. Er hatte aber auch gegrübelt und zu allem andern noch die Spielzeugläden mit ihrem Feuerwerk und die Porzellangeschäfte mit Neujahrstellern mobil gemacht. Und schließlich waren noch all die guten Wünsche an die werte p.t. Kundschaft zum Neujahrsfeste dazugekommen.

Süßsauer lächelnd hatte Kraft wieder einmal zweihundertfünfzehn Mark an Kufalt ausbezahlt, nicht ohne die Bemerkung zu machen: »Wie gewonnen, so zerronnen.«

Das kümmerte Kufalt aber einen Dreck, erstens kamen bald die Inventurausverkäufe, und zweitens hatte er jetzt ein richtiges Sparbuch, und auf dem Sparbuch standen trotz aller Geschenke über tausend Mark. Nein, nichts von zerronnen!

So ging Kufalt denn, abgeseift von Kopf bis Fuß, sauber eingepuppt und mit glänzenden Nägeln, festlich zu den Harders, trank seine paar Gläschen sanften Punsch und hörte befriedigt, wie Frau Harder um halb zehn sagte: »Na, Eugen, für uns wird es jetzt wohl Zeit, wir warten doch nicht bis zum Läuten?«

Der Alte brummte verneinend und sagte: »Aber, Kinder, ihr könnt gerne noch ein bißchen ausgehen. Immer zu Haus hocken ist auch nichts, und übers Jahr seid ihr ja schon verheiratet, und wer weiß, ob ihr da noch ausgehen könnt.«

Wobei er wieder mal seine Tochter betrachtete.

Hilde verschwand, und dann kam sie in einem entzückenden, hellen, ganz blaß geblümten Kleid wieder, und einen schönen, geflochtenen Goldzopf hatte sie um den Hals ... »Wirklich nett sieht das Mädchen aus«, hatte Harder ganz verwundert gesagt. Und das Rosa in ihren Backen war beinahe rot geworden, und übermütig hatte sie Vater und Mutter einen Kuß gegeben und: »Alles Gute und schlaft schön rüber ins neue Jahr!«

Dann aber waren die beiden Jungen losgezogen, und vom Fenster hatten die beiden Alten ihnen nachgeschaut.

Es schneite leicht, viele Leute waren unterwegs, und in den meisten Schaufenstern am Bummel brannte Licht. Sie schlenderten zuerst ein wenig umher, und Hilde hatte die eine Gardine schön gefunden, er aber eine andere, bis sie sich schließlich auf eine dritte geeinigt hatten.

Sie hatten Möbel angesehen, und ihm war eingefallen, daß in der Helmstädter Straße solch entzückendes Schlafzimmer ausstand, das er ihr schon immer hatte zeigen wollen. So waren sie denn den langen Weg bis dahin gegangen, um zu finden, daß Tischler Schneeweiß sein Schaufenster nicht beleuchtet hatte.

Hier aber waren sie in der Nähe vom Rendsburger Hof, und Hilde bat ihren Willi, doch einen Augenblick da hineinzugehen; sicher wollte sie sich ihren ehmaligen Freundinnen mit Bräutigam präsentieren.

»Und da haben wir uns doch zum ersten Male gesehen, und ich habe dich auch gleich gesehen. Aber wie du mich so anstarrtest, durfte ich es ja nicht merken lassen. Und weißt du noch, wie du der Wrunka und mir beinahe bis auf die Toilette nachgelaufen bist? Der geht ran, hat die Wrunka gleich gesagt. Komm, wir sehen nur einen Augenblick rein, wenn es auch nicht so fein ist da …«

Er aber schlug es ihr rundweg ab, denn sicher würden sie angepöbelt. Ihm war so was nicht piepe, und daß man ihr ausgerechnet in seiner Gegenwart die Jungfer mit Kind vorhalten wollte, und womöglich warfen die ihm noch das Kittchen vor, und sicher war der kleine Emil Bruhn da … »Also, unter allen Umständen, nein!«

Er dagegen hatte ein kleines Kellerlokal am Markt für sie beide in Aussicht genommen, ein Café Zentrum, das ihn schon immer durch irgendwas Verstaubtes, Verludertes gelockt hatte, in das er aber bisher durch irgendeinen Zufall noch nicht gekommen war. Doch kaum sprach er Hilde davon, als sie nun wieder dies Lokal entschieden ablehnte.

»Nein, unter keinen Umständen! Nein.«

»Was hast du denn dagegen? Ich wollte es mir doch nur mal ansehen.«

»In solch Lokal geh ich nicht!«

»Aber du mußt doch sagen können, warum!«

»In solch ein Ding – was die Leute davon erzählen!«

»Bist du denn einmal drin gewesen?«

»Ich …? Nein, nein, und ich geh auch nicht rein. Auch mit dir nicht.«

Sie standen noch immer an der Ecke beim Tischlermeister Schneeweiß, es war dunkel und zugig, sie froren.

Ein Mann kam vorüber, er hatte gemerkt, daß sie sich stritten, er rief:

»Na, Lottchen, will he nich? Schall ick em en beten an de Büx?«

»Komm!« sagte Kufalt hastig und ging mit ihr los. Der betrunkene Silvesterschwärmer rief ihnen eine Schweinerei nach.

Sie gingen eilig, lose ineinander eingehängt, dem Stadtinnern zu.

»Ich möchte wohl wissen«, sagte Kufalt aus tiefstem Nachsinnen, »warum du nicht in das Café Zentrum willst.«

»Weil cin anständiges Mädchen nicht in solch ein Café geht.«

»Ach nee?! Und auf den Rendsburger Hof geht solch Mädchen zum Schwof?«

Sie machte sich mit einem Ruck von ihm los, sie rief verzweifelt, und sie war wirklich verzweifelt: »O Willi, Willi, mußt du mich denn immer quälen?!«

»Quälen …?!« fragte er verblüfft, »immer quälen …?! Weil ich mit dir in ein Café gehen will?«

Sie sah ihn einen Augenblick an, ihr Gesicht zuckte, ihre Lippen bewegten sich, sie wollte etwas sagen. Aber dann nahm sie nur seinen Arm und bat leise: »Komm, bring mich nach Haus.«

»Wir gehen doch jetzt nicht nach Haus!« rief er verblüfft. »Wenn du eben durchaus nicht ins Zentrum willst, gehen wir woandershin. Ist dir Café Berlin recht?«

Sie antwortete nicht, und nach einem Augenblick merkte er, daß sie leise vor sich hin weinte.

»Nicht, Hilde«, sagte er und sah nach den Leuten. »Nicht doch.«

»Es ist gleich wieder gut«, sagte sie schluckend. »Komm, wir stellen uns einen Augenblick an das Schaufenster.«

»Aber warum weinst du denn? Wieso quäle ich dich denn? Sag doch, Hildeken, ich versteh ja nichts.«

»Nichts, nichts«, sagte sie, schon wieder lächelnd. »Jetzt reib ich mich nur ein bißchen ab und schnaub die Nase …«

»Aber ich möchte doch gerne …«, fing er hartnäckig wieder an.

»Bitte nicht«, sagte sie. »Wir wollen heute doch lustig sein.«

Und sie waren es dann auch. Denn im Café Berlin gab

es einen herrlichen sächsischen Komiker, der so gut sächsisch sprach, daß man ihn sogar verstand, und der sie ununterbrochen lachen ließ, und eine Spitzentänzerin mit rasierten Achselhöhlen und weißgepuderter Brust – und eine ältere Dame sang ungemein freche Lieder …

Sie saßen im Trubel, alles lachte, schrie, trank, jubelte. Konfetti hagelte, Papierschlangen hüllten sie ein, und sie saßen stocksteif, diese Zier nicht zu zerreißen. Dann spielte die Kapelle einen Tusch, und es war Mitternacht. Sie gaben sich feierlich die Hände.

»Auf ein recht gutes Jahr, Hilde, für uns beide!«

»Dir auch, mein Willi! Dir auch!! Ach, mein Willi!«

Sie tranken noch einen kleinen Grog, und Hildes Backen fingen zu glühen an. Sie erzählte, kleines Geschwätz, Getratsch, was die eine ausgefressen und wie verrufen die andere war und was die dritte sich alles einbildete …

»Aber ich bin auf keine neidisch. Wo ich meinen süßen Willi habe. Und jetzt noch einen süßen Willi – zwei süße Willis …«

Sie lachte laut. Und wenn auch dies Geschwätz und Lachen im allgemeinen Trubel untergingen und kaum einer den Kopf nach den beiden an der Wand drehte – Kufalt war es doch peinlich, und doppelsinnig war es auch, das Gerede von den beiden süßen Willis, und nett war ihr Lachen auch nicht gewesen …

»Komm, Hilde, wir gehen.«

»Aber du kannst doch morgen ausschlafen!«

»Wir gehen noch wohin, wo wir tanzen können.«

»Fein« , sagte sie. Sie lachte. »In den Rendsburger Hof.« Ihre Augen funkelten wagemutig. »Da hast du wohl deine andere Braut, die du nicht zeigen willst?«

Er fragte böse: »Und wen hast du im Café Zentrum?«

Einen Augenblick war sie verlegen, dann lachte sie los.

»Bist du eifersüchtig, armer Willi? Nein, du brauchst nicht eifersüchtig zu sein, ich bleib dir treu und laß mich nicht verführen ...«

Sie sang es nach einer Schlagermelodie.

Leute umher lachten beifällig. »Das Mädchen ist richtig.«

»Komm doch, Hilde«, bat er. Und dachte: Und hat sich doch von mir verführen lassen, und wenn von mir, ist auch jeder andere möglich ...

Eine tiefe Traurigkeit erfüllte ihn. Was hat das denn alles für einen Sinn! dachte er. Ich hab' ja nichts mit ihr zu tun, ich mag sie nicht einmal gerne. Und weswegen denn alles? Wirklich nur, weil sie sich damals nicht mehr sehen ließ und weil ich ein bißchen Mitleid mit ihr hatte? Ach, nur das Fleisch, nur das Fleisch, bei jeder andern wäre es auch noch einfacher, und ich brauch's nicht einmal, das Fleisch ... Wenn man doch rauskäme, fortkäme, wegkäme ... Dies geht im Leben nicht gut. Wenn man doch einmal ganz von frischem anfangen könnte ...!

»Woran denkst du?« fragte sie.

»An nichts Besonderes«, antwortete er.

Dann aber kamen sie doch nicht mehr zum Tanzen, sondern irgendwie landeten sie in einer kleinen Weinstube und tranken noch eine Flasche Süßwein. Hilde war traurig gewesen und gereizt, übermütig, lustig und geschwätzig – jetzt, von der Flasche Wein, wurde sie einfach müde, todmüde, die Augen klappten ihr zu. »Bitte, bring mich nach Haus, Willi, bitte!«

Vor der Haustür stand sie, beinahe wankend vor Schläfrigkeit, in seinem Arm.

»Noch einen Kuß, Willi. Oh, bin ich müde!«

»Ich aber auch«, sagte er.

Es war, als ermuntere sie sich etwas. »Nicht wahr, du gehst gleich nach Haus, du gehst nicht mehr irgendwohin.«

»Wohin soll ich denn jetzt noch gehen um vier? Ich hau mich sofort hin.«

»Ganz bestimmt?«

»Aber todsicher«, sagte er und versuchte zu lachen.

»Gibst du mir dein Ehrenwort?«

»Aber natürlich geb ich dir mein Ehrenwort. Ich geh gleich nach Haus.«

Sie schwieg, irgendwie schien sie unzufrieden zu sein und nachzudenken.

»Also, Hildeken«, sagte er und reichte ihr die Hand.

Sie nahm ihn ganz fest in die Arme. »Mein Willi, mein lieber, süßer Willi ...« Sie küßte ihn, sie flüsterte: »Komm doch mit, mein süßer Willi, die Eltern gehen nie in mein Zimmer ...«

»Nein, nein«, sagte er erschrocken.

»Aber warum denn nicht? Ich sehn mich so nach dir. – Willi, ich halt das nicht aus! Was hast du gegen mich? Bis Ostern halt ich das nicht mehr aus.«

»Denk doch an den Jungen, Hilde. Das geht doch nicht.«

»Ach, der Junge wird nie vor acht wach. Ich weiß das doch. Komm schon. Einmal, nur einmal, Willi.«

»Nein«, widerstand er. »Nein, ich will das nicht. Nachher passiert was, und alle reden über uns.«

»Das tun sie doch schon so. Das kann uns doch egal sein.«

»Nein, ich tu es nicht. Sei vernünftig, Hilde, denk doch, die paar Wochen bis Ostern!« Er nahm sie in seinen Arm, er tröstete sie (und wußte dabei: Jedes Wort war unwahr. Etwas anderes würde geschehen. Was aber das andere war, das geschehen würde, das wußte er nicht).

»Denk doch daran, wie schön wir es dann haben werden, ganz allein in unserer eigenen Wohnung für uns, ein helles freundliches Zimmer. Und ich glaub bestimmt, ich schaff es mit den blauseidenen Steppdecken statt der Federbetten. Dann können wir alle auslachen, und niemand kann uns noch etwas wollen, und es ist alles viel sauberer als so in der Heimlichkeit, und vor deinen Eltern müßte ich mich auch schämen. Jetzt kann ich die doch grade ansehen …«

»Aber du hast doch …!« rief sie verständnislos und erschrocken aus. »Du hast doch schon einmal, Willi …«

Sie sahen sich an.

»Also ich geh jetzt nach Haus«, sagte er böse. »Ich glaub, du hast einen sitzen, gute Nacht.«

Er wartete ihr »Gute Nacht« nicht ab, er wartete nicht ab, bis sie über den Hof verschwand.

Im Fortgehen hatte er, obwohl er sich nicht umdrehte, das ganz genaue Bild vor ihr vor Augen, wie sie dastand, ihm nachstarrend, Todesangst im Blick.

Biographische Notiz

Hans Fallada (eigentlich Rudolf Ditzen) wurde am 21. Juli 1893 als Sohn einer großbürgerlichen Familie in Greifswald geboren. 1899 zogen die Ditzens nach Berlin, 1909 nach Leipzig, wo der junge Hans Fallada bald als Außenseiter galt. Mit 17 Jahren kam er nach Rudolstadt, wo er das Fürstliche Gymnasium besuchte. Mit seinem Freund Hanns Dietrich von Necker plante er im Oktober 1911 einen als Duell getarnten Doppelselbstmord, bei dem der Freund starb. Fallada überlebte schwer verletzt, wurde wegen Totschlag verhaftet und in eine psychiatrische Klinik eingewiesen. Die Anklage wurde fallengelassen, er verließ das Gymnasium jedoch ohne Abschluss. Die Jahre 1917 bis 1919 verbrachte der Alkoholkranke hauptsächlich in Entzugsanstalten und Privatsanatorien. Er absolvierte eine landwirtschaftliche Lehre und schlug sich als Rendant auf Rittergütern, Hofinspektor, später Buchhalter, Adressenschreiber, Annoncenwerber und Verlagsangestellter durchs Leben. Zweimal wurde er zu Haftstrafen verurteilt, weil er seine Drogen- und Alkoholsucht mit Betrugs- und Unterschlagungsdelikten zu finanzieren versuchte. 1928, nach seiner zweiten Haftentlassung, lernte er Anna »Suse«

Issel kennen, die er am 5. April 1929 heiratete und die zum Vorbild für seine berühmteste Romanfigur, das Lämmchen in »Kleiner Mann – was nun?«, wurde. Anfang der 1930er Jahre begann Falladas schriftstellerischer Erfolg. Mit dem Roman »Bauern, Bonzen und Bomben« fand er Beachtung, »Kleiner Mann – was nun?« brachte ihm 1932 den Durchbruch als Schriftsteller und internationale Anerkennung. Seinen Künstlernamen wählte er in Anlehnung an zwei Grimm'sche Märchen, »Hans im Glück« und »Die Gänsemagd«, in denen ein Pferd namens Falada vorkommt. Im März 1933 wurde Fallada bei der SA denunziert und vorrübergehend inhaftiert. Noch im selben Jahr kaufte er ein Anwesen in Carwitz, wo in den nächsten Jahren weitere Romane wie »Wer einmal aus dem Blechnapf frißt« (1934), »Wir hatten mal ein Kind« (1934), »Wolf unter Wölfen« (1937) und »der eiserne Gustav« (1938) entstanden. 1942/43 folgten die Erinnerungen »Damals bei uns Daheim« und »Heute bei uns zu Hause«. 1944 scheiterte die Ehe, am 24. August 1944 schoss Fallada bei einem Streit mit seiner geschiedenen Frau mit einer Pistole. Daraufhin wurde er wegen versuchten Totschlags angeklagt und am 4. September bis zum 13. Dezember 1944 als nicht zurechnungsfähig in die Landesanstalt Strelitz eingewiesen. Hier entstanden u.a. der postum veröffentlichte Roman »Der Trinker« und das Gefängnistagebuch, das die Jahre der inneren Emigration aufarbeitete (»In meinem fremden Land. Gefängnistagebuch 1944«, Aufbau Verlag 2009). Im Februar 1945 heiratete Hans Fallada die fast 30 Jahre jüngere Ursula Losch, die wie er mit Drogenproblemen zu kämpfen hatte. 1947 wurde der Alkohol- und Morphiumsüchtige in einem Berliner Sanatorium behandelt, wo er am 5. Februar 1947 starb. Wenig später erschien sein letzter Roman »Jeder stirbt für sich allein«.

Textnachweis

Die mit einem Stern (*) gekennzeichneten Titel stammen nicht von Hans Fallada; sie wurden für diese Ausgabe gewählt.

Die Finken sind wieder da, Lüttenweihnachten, Christkind verkehrt, Fünfzig Mark und ein fröhliches Weihnachtsfest, Lieber Hoppelpoppel – wo bist du?, Der gestohlene Weihnachtsbaum, Das Wunder des Tollatsch*
Aus: H.F., Märchen und Geschichten. Aufbau-Verlag Berlin und Weimar 1985 (Ausgewählte Werke in Einzelausgaben, Band 9).

Das versunkene Festgeschenk. Aus: H. F., Gesammelte Erzählungen. Reinbek 1967.

Baberbeinchen-Mutti, Weihnachten der Pechvögel. Aus: H.F., Christkind verkehrt. Weihnachtsgeschichten. 4. Auflage, Aufbau Taschenbuch Verlag GmbH, Berlin 2004.

Weihnachtsfriede. Aus: H.F., Kleiner Mann, Großer Mann – alles vertauscht oder Max Schreyvogels Last und Lust des Geldes. Ein heiterer Roman. Rowohlt Verlag, Stuttgart 1940.

Familienbräuche. Aus: H.F., Damals bei uns daheim. Erlebtes, Erfahrenes und Erfundenes. Aufbau-Verlag Berlin und Weimar 1982 (Ausgewählte Werke in Einzelausgaben, Band 10).

Der parfümierte Tannenbaum. Aus: H.F., Kleiner Mann – was nun? Roman. Aufbau-Verlag Berlin und Weimar 1982 (Ausgewählte Werke in Einzelausgaben, Band 2).

Die offene Tür. Aus: H.F., Gute Krüseliner Wiese rechts und 55 andere Geschichten. Herausgegeben von Günter Caspar. Aufbau-Verlag Berlin und Weimar 1991.

Silvester.* Aus: H.F., Wer einmal aus dem Blechnapf frißt. Aufbau-Verlag Berlin und Weimar 1976 (Ausgewählte Werke in Einzelausgaben, Band 3).

HANS
FALLADA
der
trinker
roman
aufbau

Weihnachten
aufbau